Mr. WILLIAM
SHAKESPEARE

헨리 6세 1부
The First Part of Henry the Sixth

국립중앙도서관 출판시도서목록(CIP)

헨리 6세 1부 / 셰익스피어 지음 ; 김정환 옮김. — 서울 : 아침이슬, 2012
p. ; cm. — (셰익스피어 전집 ; 19)

원표제: The First Part of Henry the Sixth
원저자명: William Shakespeare
영어 원작을 한국어로 번역
ISBN 978-89-6429-127-6 04840 : ₩10000
ISBN 978-89-6429-132-0(세트)

영국 희곡[英國戲曲]

842-KDC5
822.33-DDC21 CIP2012004215

헨리 6세 1부
The First Part of Henry the Sixth

헨리 6세 1부

셰익스피어 지음 | 김정환 옮김

아침이슬

일러두기

운문과 산문 구분을 명확히 했고, 행갈이를 원문과 똑같이 맞추었다. 각 작품을 잘 쓰인 시집 한 권 대하듯 읽으면 적당할 것이다.

등장인물

잉글랜드인들

헨리 6세 왕

글로스터 공작 호국경, 헨리 왕의 삼촌

베드포드 공작 프랑스 섭정

엑스터 공작

윈체스터 주교 훗날 추기경, 헨리 왕의 삼촌

서머싯 공작

리처드 플랜타저넷 훗날 요크 공작, 그리고 프랑스 섭정

워릭 백작

솔즈베리 백작

서포크 백작

탈봇 영주

존 탈봇

에드먼드 모티머

윌리엄 글라스데일 경

토머스 가그레이브 경

존 파스톨프 경

윌리엄 루시 경

우드빌 런던탑 책임관

런던 시장

버논

바싯

변호사

특사와 사절들

사자들, 런던탑 간수들, 하인들, 시종들, 경관들, 지휘관들, 의전관들, 파수꾼들

프랑스인들

샤를 프랑스의 왕위 계승자, 도핀

르네 앙주 공작, 나폴리 왕

마가릿 그의 딸

알랑송 공작

오를레앙의 서자

부르고뉴 공작 헨리 왕의 삼촌

군사령관 보르도 주둔 프랑스군의

오베르뉴 백작부인

포병대장 오를레앙의

소년 그의 아들

잔 성처녀 잔다르크

양치기 잔의 아버지

문지기, 프랑스 하사관, 프랑스 보초들, 프랑스 정찰대원, 프랑스 전령, 파리 행정관, 적들, 그리고 병사들

대사에 나오는 외국 명

시빌 로마 신화의 예언과 신탁을 전달하는 여예언자

드보라 구약성서의 이스라엘을 다스렸던 판관이자 여예언자. 가나안의 야빈군(軍)과 싸워서 승리한 전투를 묘사한 〈드보라의 노래〉는 히브리문학 가운데 가장 오래된 시가이다.

아스트레아 제우스와 달의 여신 아르테미스 사이에서 태어난 정의의 여신

아도니스 그리스 신화의 미소년. 아프로디테(비너스)와 황천국의 여왕 페르세포네에게 사랑을 받으나 사냥 때 산돼지 습격으로 목숨을 잃고 그가 흘린 핏자국에서 아네모네가 폈다.

키루스 기원전 6세기 페르시아 황제 키루스 2세

네스토르 일리아드에 나오는 그리스의 노(老)영웅

헤카테 그리스 신화 마녀들의 여신

펜드래곤 아서 왕의 아버지

키르케 인간에게 마법의 술을 먹이고 요술지팡이를 휘둘러 돼지로 만드는 그리스 신화의 마녀

미노타우로스 그리스 신화의 반은 사람이고 반은 소인 크레타의 전설적인 괴물

제1막

영광이란 물 위에 파문 같은 것,
끊임없이 자신을 키워 가다가
종내는, 넓게 퍼짐으로 인하여, 흩어져 없어지는 것.

1막 1장

잉글랜드, 웨스민스터 성당

장례행진곡. 헨리 5세 왕 장례 행진, 베드포드 공작(프랑스 섭정), 글로스터 공작(호국경), 엑스터 공작, 워릭 백작, 윈체스터 주교, 그리고 서머싯 공작이 관을 따른다.

베드포드 하늘에 검은 장막을! 굴복하라, 낮이여, 밤에!
유성들이여, 시대와 국가의 변천을 예언하는,
그대들 찬란한 꼬리를 하늘에 채찍 휘둘러,
천벌로 응징하라 그 고약한 반란의 별들,
헨리의 죽음에 찬성한 그것들을—
헨리 5세 왕, 오래 살기에는 너무 유명했도다.
잉글랜드 이제껏 이토록 가치 있는 왕 잃은 적 없도다.

글로스터 잉글랜드 그분 치세까지 왕 안 계셨니라.
자질이 있었지 그분은, 지배할 수 있는.
그분이 휘두른 칼날 그 광선으로 뭇사람 눈멀게 했다.
그분 팔 벌리면 용 날개보다 더 넓었다.
불꽃 튀는 두 눈, 분노의 불 넘쳐,
적들을 눈이 부셔 물러나게 했다
한낮의 태양, 가혹하게 그들 얼굴을 겨냥한 그것보다 더.
무슨 말을 할까? 그분 공적 말을 넘어서나니.

손들어 신호만 하시면 반드시 승리하셨나니.

엑스터 우리는 검은 옷으로 애도하네요, 왜 피 흘리며 하지 않는 거지요?

헨리가 죽었어요, 결코 다시 살아올 수 없구요.
나무 관을 우리는 모시네요,
그리고 죽음의 불명예스런 승리를
우리가 당당한 임석으로 영광 예찬하는구려,
승리자의 수레에 묶인 포로들처럼 말이오.
아뿔싸, 우리는 불행의 행성들을 저주해야 하는 겁니까,
이렇게 우리 영광의 몰락을 음모했다고,
아니면 생각해야 할까요 교활한 프랑스
요술 마법사들이, 그가 두려워,
주문으로 그의 최후를 획책하였다고?

윈체스터 그분은 왕중왕께서 축복하신 왕이셨습니다.

프랑스인들한테는, 무시무시한 심판의 날이
그분 모습만큼 무시무시하지는 않을 것이오.
만군의 주님 전쟁을 그분은 치르셨지요.
교회의 기도가 그분을 그토록 흥성케 하신 겁니다.

글로스터 교회? 그것이 어디 있소? 성직자들이 기도하지 않았다면,

그분 목숨의 실이 그리 빠르게 쇠해지지는 않았을 거요.
당신들은 그저 나약한 군주만 좋아하지,
그래야 학동처럼, 당신네들이 섭을 술 수 있을 테니.

윈체스터 글로스터, 우리가 뭘 좋아하던, 당신은 호국경인데,

군주와 영토를 다스리려 하고 있소.

당신 아내는 기고만장하오. 그녀가 당신을 겁주지요,
하나님 혹은 독실한 성직자들이 할 수 있는 것보다 더.

글로스터 독실 같은 소리, 당신은 육욕의 덩어리잖소,
1년 내내 교회에는 한 번도 안 가고,
당신의 적들에게 저주의 기도를 하러 가는 것 말고는.

베드포드 그만들 하세요, 말다툼은 그만해요, 마음을 가라앉히시고요.
제단으로 가십시다. 의전관들, 따르라.

〔워릭, 서머싯, 그리고 의전관들, 관을 들고 퇴장〕

금화 대신, 우리 무기를 바치십시다—
무기가 무슨 소용이겠소, 헨리께서 돌아가셨는데.
후손들아, 예상하라 비참한 세월을,
그때, 아기들이 빨 것은, 너희 어머니들의 눈물뿐이고,
우리의 섬은 짠 눈물의 소택지,
그리고 여인들만 남아 죽은 자들을 애도할 것이니.
헨리 5세시여, 당신의 혼령을 제가 부르나니
이 왕국을 번성케 하시고, 내전을 막아 주소서
하늘에서 거스르는 행성과 싸워 주소서.
당신의 영혼이 만들 별은 훨씬 더 영광스러울 것이오
줄리어스 시저보다, 혹은 더 찬란할 것이오—

사자 등장

사자 명예로우신 군주님들, 모든 분들께 건강을 비옵니다.
슬픈 소식입니다, 프랑스에서 온,
손실에 대한, 학살에 대한, 그리고 궤멸에 대한.

기엔, 콩피에뉴, 루앙, 렝스, 오를레앙,
파리, 기소르, 푸아티에를 모두 완전히 잃었습니다.

베드포드 왜 너는, 사자, 그 말을 죽은 헨리의 시신 앞에서 하는가?
목소리를 낮추거라, 이 대도시들을 잃었다는 소리에 행여
그분 관을 깨고 죽음에서 다시 일어날까 두렵구나.

글로스터 〔사자에게〕 파리를 잃었다? 루앙이 항복했어?
헨리가 정말 되살아난대도,
이 소식에 다시 혼령을 내뱉을 것이로다.

엑스터 〔사자에게〕 어떻게 하다 그 도시들을 잃었는가? 어떤 반역을 그들이 꼬드겨 냈단 말이냐?

사자 반역은 전혀 없었사옵고, 군사와 재정이 부족했습니다.
병사들 사이 이런 푸념이 오갔지요.
여기 계신 분들이 계속 몇 개 파벌로 나뉜 상태고,
전장에 군대를 보내 전투를 해야 하건만,
여러분들께서는 누가 지휘를 맡는가를 놓고 말싸움 중이라고 말이죠.
한편은 지구전을 주장하지만, 비용을 거의 안 낼 속셈이고,
다른 쪽은 속도전을 선호하지만, 날개가 없고
또 다른 편 생각은, 전혀 비용을 들이지 않고,
빛 좋은 개살구 웅변으로 평화를 얻겠다는 수작이라는 겁니다.
깨어나세요, 꿈 깨요, 잉글랜드의 귀족분들!
갓 얻은 여러분의 명예를 게으름이 흐리게 두지 마세요.
뽑혔습니다 여러분 군장에 달렸던 프랑스 백합 기장은,

잉글랜드 문장은, 반이 잘려 나갔구요. 〔퇴장〕

엑스터 우리가 이 장례식에서 흘릴 눈물이 모자라서 그렇지,

이 소식은 잉글랜드에 홍수를 야기시켰겠구나.

베드포드 제 탓입니다, 섭정이니까요 제가 프랑스의.

강철의 갑옷을 내오라. 난 프랑스를 위해 싸울 것이다.

이 면목 없는 비탄의 복장은 그만!

〔그가 상복을 벗는다〕

상처를 내가 프랑스에 안겨 주리라, 두 눈 대신,

그들의 일시 중단된 비참을 피로 울게끔.

그들에게 또 하나의 사자, 편지를 들고 등장

두 번째 사자 대신님들, 이 편지를 보십시오, 재난으로 가득 차 있습니다.

프랑스 전체가 반란으로 아예 잉글랜드를 떠났습니다,

대단찮고 의미가 전혀 없는 읍 몇 개 말고는.

샤를 도핀이 랭스에서 대관식을 치렀습니다

오를레앙의 서자가 그에게 합류했고

르네, 앙주 공작이, 정말 가담하였고

알랑송 공작은 그쪽에 붙기 위해 도주했습니다. 〔퇴장〕

엑스터 샤를이 왕에 올랐어? 모두 도망쳐 그에게 붙는다?

오 우리는 어디로 피난해야 이 수치를 피할 수 있지?

글로스터 가긴 어딜 가겠소, 적들의 목을 치러 갈 밖에.

베드포드, 섭정께서 꾸물거리신다면, 내가 결판을 내겠소.

베드포드 글로스터, 왜 의심하시는 겁니까 저의 전의와 즉시 대응력을?

군대는 이미 소집되었습니다 제 머릿속에,
거기서 이미 프랑스는 괴멸되었구요.

또 다른 사자 등장

세 번째 사자 자애로우신 영주님들, 그렇잖아도 눈물로
지금 헨리 왕의 관을 적시는 여러분들께 설상가상입니다마는,
알려 드려야겠습니다 재앙적인 싸움이
그 용감한 탈봇 영주와 프랑스군 사이 벌어진 것에 대해서요.

윈체스터 뭐라, 탈봇이 어떻게 이겼다구—그 얘긴가?

세 번째 사자 오, 아녜요. 어떻게 탈봇 영주가 멸망했는가 얘깁니다.
그 경위를 제가 좀 더 자세히 말씀드리죠.
지난 8월 10일, 우리 무시무시한 영주께서는,
오를레앙 성 포위를 풀 때에,
병력이 가까스로 6천에 이를 정도였는데,
2만 3천의 프랑스군에
둘러싸이고 공격을 받게 되었습니다.
병사들을 전투대형으로 배치할 틈이 없었지요.
궁수들 앞에 세워 줄 쇠말뚝이 없었고요—
그 대신, 생울타리에서 뽑은 날카로운 막대기를
아군은 우왕좌왕 땅에 저박았습니다,
적의 기마병이 치고 들어오는 걸 막으려고 말이죠.
세 시간 이상 전투는 계속되었고,

그 전투에서 용감한 탈봇은 인간의 상상 이상으로
놀라운 일을 해냈습니다 자신의 칼과 창으로.
수백을 지옥으로 보냈고, 누구도 그를 직면치 못했어요,
여기, 저기, 그리고 도처, 격노한 그가 살육을 자행했죠.
프랑스인들은 악마가 무기를 들었다고 소릴 질렀어요,
군대 전체가 그 모습에 경악하여 몸이 굳었습니다.
그분 병사들은, 그분 불굴의 용기를 알아차리자,
'탈봇한테, 탈봇한테로!'라고 크게 외쳤죠,
그리고 뛰어들었습니다, 전투의 내장 속으로.
이때 승리는 온전히 봉인 도장 찍힌 상태였지요,
기사 존 파스톨프가 겁쟁이 짓을 하지 않았더라면.
그가, 전위 부대 맨 뒤에 배치되어,
그들을 교체하고 따르는 임무였건만,
비겁하게 도망쳤어요, 단 일격도 가하지 않고.
여기서 발생했습니다 전체적인 파멸과 대학살이,
그들은 적으로 울타리 쳐져 있었으니까요.
비열한 월룬인 하나가, 프랑스 왕세자에게 잘 보이려고,
탈봇을 창으로 찔렀죠, 뒤에서—
프랑스 전체가, 주력을 끌어모은 힘으로도
감히 직면하려 했던 적 없던 그분을 말입니다.

베드포드　그렇담 탈봇이 살해당했다? 내가 나 자신을 살해하리라,
여기서 한가로이 허세와 편안함을 누리다니
이런 훌륭한 지도자가, 지원이 없어,
비겁한 적들한테 당하는 동안에.

세 번째 사자 오, 아닙니다, 그분 살아 계십니다, 하지만 포로로 잡혔죠,

스케일즈 경도 함께요, 그리고 헝거포드 경도,

나머지는 거의 도륙당했고, 혹은 역시 잡혔거나.

베드포드 그의 몸값을 치를 자 나로다.

내가 도핀을 왕좌에서 곤두박이로 끌어내리겠소,

그의 왕관이 내 친구의 몸값이로다.

우리 귀족 한 명당 그들 귀족 네 명으로 할 것이오.

안녕, 나의 영주님들, 제 일을 하러 가렵니다.

큰 화톳불을 프랑스에 당장 피울 겁니다,

우리의 위대한 조지 성인 축제를 그걸로 치러야죠.

일 만의 병사를 제가 데려갈 것이고,

피를 부르는 그들의 전공이 전 유럽을 떨게 만들겠소.

세 번째 사자 그러셔야 합니다. 오를레앙 전방에서, 포위 공격당하는 처지라,

잉글랜드 군은 약하고 희미해졌습니다.

솔즈베리 백작께 증원군이 절실합니다,

부하들의 하극상을 겨우 막고 계셔요,

병사들이, 그토록 적은 숫자로, 엄청난 군대와 마주한 상황이니까요. (퇴장)

엑스터 상기하시오, 영주님들, 헨리께 한 여러분의 맹세를.

도핀을 완전히 끝내 버리든지

아니면 여러분의 멍에를 씌워 끌고 오겠다는.

베드포드 상기하고말고요, 그리고 전 여기서 헤어져

준비 상황을 둘러보겠습니다. (퇴장)

글로스터 난 최대한 서둘러 런던탑으로 가겠소,

대포와 화약을 점검해야지.

그러고 나서 어린 헨리를 왕으로 선포할 것이오. 〔퇴장〕

엑스터 난 엘섬 궁으로 가리다, 어린 왕께서 거기 계시니,

내가 그분의 특별 행정관에 임명된 터,

거기서 그분 경호에 만전을 기할 것이오. 〔퇴장〕

윈체스터 각자 지위와 수행할 임무가 있군,

나만 빠졌어. 나한텐, 남은 게 아무것도 없지.

하지만 오랫동안 해고 상태로 있지는 않을 테다.

왕을 엘섬에서 훔쳐 내야지,

그리고 내가 잡는다 공공복리의 가장 주요한 키를.

퇴장

1막 2장

프랑스, 오를레앙 근처

나팔 팡파르. 샤를 도핀, 알랑송 공작, 앙주 공작 르네, 고수 및 병사들과 함께 행군하며 등장

샤를 군신 마르스는 그의 진정한 행로를—하늘의 마르스 행성이 그렇듯,
바로 그렇게 지상에서 말이오—오늘날까지 알 수가 없구려.
근래 그는 정말 잉글랜드 편에 빛을 내렸잖소,
지금은 우리가 승자요. 우리한테 그가 미소를 보내지.
중요한 도시 중 우리가 차지하지 않은 게 있소?
즐거운 마음으로 우리는 오를레앙 근처에 진을 쳤고
드문드문 그 굶주린 잉글랜드인들이, 창백한 유령처럼,
미미하게 우릴 공격하는군 한 달에 한 시간 정도.

알랑송 오트밀 죽과 살찐 수소 고기가 떨어졌거든요.
저들은, 노새처럼 처먹이느라,
여물을 아예 입에 묶어 줘야지,
안 그러면 비참한 꼴이, 물에 빠진 생쥐 같으니까요.

르네 포위를 풉시다. 왜 여기서 한가히 이러고 있는 거죠?
탈봇이 잡혔어요, 우리가 습관적으로 두려워하던 그 아닙니까.

남은 것은 미쳐 날뛰는 솔즈베리 딱 하난데,
그도 제 풀에 화가 다했을 겁니다.
전투를 벌일 병력도 재력도 바닥 난 상태예요.

샤를 울려라, 전투 경보를 울려라. 저들을 덮칠 것이다.
이제 죽음을 무릅쓰고 임무를 다하는 프랑스인들의 명예를 위해,
나는 용서하겠노라 나를 죽이는 자의 국왕 살해죄를
내가 한 발 물러나거나 도망치는 것 그가 본다면.

모두 퇴장

1막 3장

오를레앙 근처

여기서 전투 경보. 프랑스군이 잉글랜드군에 커다란 손실을 입고 퇴각. 샤를 도핀, 알랑송 공작, 그리고 앙주 공작 르네 등장

샤를 이런 꼴이 있나? 내가 어떤 부하를 둔 게야?
개들, 겁쟁이들, 못된 비겁자들! 난 결코 도망칠 생각 없었소,
저놈들이 날 적진 한가운데 두고 내빼서 그랬지.

르네 솔즈베리란 자 정말 필사적인 살인범이 따로 없네요.
싸우는 폼이 살기가 지겨워진 놈 같아요.
다른 귀족들은, 먹을 게 없는 사자들처럼,
우릴 덮쳤어요, 허기 때울 먹이 덮치듯.

알랑송 프루아사르, 동포 연대기 작가입니다만, 그가 써 놓기를
잉글랜드가 온갖 올리버들과 롤랑들을
에드워드 3세 치세 때 길러 냈다고 하드만.
정말 더욱 그럴 듯하게 들리는 소리 아닙니까,
오로지 삼손들과 골리앗들만
보내어 진초전을 치르게 하니 말이죠. 1대 10?
아위고, 빼빼 마른 열등종 사슴 꼬라진데, 누가 생각이나 했겠어요

저들이 이런 용기와 담력을 지녔을 줄?

샤를 이 도시는 그만합시다, 무모한 놈들이니,
굶었으니 더 날뛸 테고 말이오.
옛날부터 내 잘 알지. 차라리 자기들 이빨로
벽을 무너뜨리면 뜨렸지, 포위는 안 풀 놈들이오.

르네 어떤 괴상한 연동장치 같은 게
저놈들 팔을, 시계처럼, 계속 때리게 하는 것 같아요,
그렇지 않고서야 저놈들 버티듯 버틸 수가 없지요.
저도 찬성입니다 저들을 그냥 내버려 두는데.

알랑송 그리하십시오.

오를레앙의 서자 등장

서자 도핀 왕세자께선 어디 계시오? 전해 드릴 소식이 있소.

샤를 오를레앙의 서자, 세 겹 환영이오, 어서 오시오.

서자 어째 울적해 보이십니다, 안색이 창백하시고.
최근 패배가 무엄하게도 용안을 해친 것입니까?
심려 마소서, 곧 괜찮아지시리이다.
성스러운 처녀를 제가 이리 데려왔사온데,
그녀는, 하늘에서 보낸 환영에 의해,
명을 받았사옵니다 이 지리한 포위를 풀고
잉글랜드인들을 프랑스 국경 밖으로 내쫓으라고요.
심오한 예지의 기운을 그녀가 갖고 있사온바,
옛 로마의 아홉 시빌을 능가합니다.
지난 것과 앞으로 올 것을 그녀는 볼 수 있지요.
하명하소서. 그녀를 들이리이까? 제 말을 믿으소서,

분명하고 틀림없는 사실이옵니다.

샤를　그녀를 들이시오.

〔서자 퇴장〕

하지만 우선, 능력을 시험해 봐야겠소,

르네 당신이 도핀으로 내 자리에 서시오.

당당하게 그녀한테 질문하시오, 표정을 엄히 하고.

이렇게 하면 우리가 그녀 능력을 가늠케 되겠지.

오를레앙의 서자, 무장한 처녀 잔과 함께 등장

르네　〔샤를 역〕 아름다운 처녀, 네가 이런 놀라운 위업을 이루겠다는 것이냐?

잔　르네, 당신이 나를 속이겠다는 겁니까?

도핀은 어디 계시오? 〔샤를에게〕 나오세요, 뒤에서 나와요.

전 당신을 잘 압니다, 설령 전에 본 적이 없더라도.

놀라지 마세요. 전 아무것도 숨기지 않습니다.

다른 사람 없는데서 당신과 따로 얘기를 나누겠어요.

물러서시오 여러 귀족분들, 잠시 자리를 내주시오.

르네, 알랑송과 서자가 따로 선다.

르네　〔알랑송과 서자에게〕 저 처녀 정말 대단하구려, 시작부터 훌륭하게 해냈소.

잔　도핀, 저는 태생이 양치기의 딸입니다,

머리로 어떤 지식도 배운 적 없고요.

하늘과 우리 성모 마리아께서 마음 내키사

빛을 내려 주셨지요 하찮은 제 신분에.

이상하게도, 제가 온순한 양들을 보살피고,
살갗을 태우는 태양에 제 뺨을 맡긴 채로 있는데,
하나님의 어머니께서 몸소 제게 나타나셨소,
그리고 환영으로, 위엄으로 가득 차,
제게 이르셨소 나의 천한 직업을 버리고
내 조국을 참화로부터 해방시키라고요.
성모님의 도움을 성모님이 약속하셨고, 성공을 보장하셨소.
완전한 영광으로 그분은 자신을 드러내셨소—
그리고 전에는 검고 어두웠으나
그분이 불어넣어 주신 그 깨끗한 광선 덕분에,
저는 아름다움으로 축복받았소, 보시다시피.
할 수 있는 어떤 질문이든 해보시오,
아무 생각도 하지 않고 답할 테니까.
나의 용기는 결투로 시험하시죠, 감히 하신다면,
아시게 될 거요 내가 나의 성을 능가한다는 것을.
믿어 의심치 마오. 당신은 운이 트일 거요,
나를 당신의 호전적인 동업자로 받아들인다면.

샤를 너는 네 그 도저한 말투로 날 놀래켰도다.
이렇게만 네 용기를 시험해 보자꾸나,
딱 한 번 결투로 나와 겨뤄 보자.
네가 날 이긴다면, 네 말은 진실하다,
그렇지 않다면, 내가 온갖 신뢰를 버릴 것이다.

잔 난 준비되었소. 이것이 내 예리한 날의 장검이오,
양쪽에 백합 다섯 송이가 새겨져 있는—
이것은 투렌, 카트린느 성녀의 교회 무덤에서,

숱한 옛날 검 중 내가 고른 것이오.

사를 그렇다면 오거라 하나님의 이름으로. 난 여자는 두렵지 않나니.

잔 난 살아 있는 동안, 결코 남자로부터 도망치지 않을 것이고.

그들이 결투를 하고 성처녀 잔이 이긴다.

사를 그만, 멈추라 그대 손을! 그대는 아마존이고,
드보라의 칼로 싸우는구나.

잔 그리스도 어머니께서 날 도우셨소. 아니면 전 상대가 안 되죠.

사를 누가 그대를 돕던, 날 도와야 하는 건 그대요.
초조하게 내 가슴 그대를 향한 욕망으로 타는구려.
내 마음과 두 손을 그대가 순식간에 제압했구려.
탁월한 처녀, 사람들이 당신을 그렇게 부른다면,
날 당신의 노예가 되게 해 주시오, 군주가 아니라.
바로 나 프랑스 도핀이 이렇게 간청하오.

잔 난 어떤 사랑의 의식도 허락하면 안 되오,
내 소명은 위로부터 성스럽게 온 것이니.
당신의 적을 모두 이곳에서 쫓아낸 후,
그때 나는 보상을 생각해 볼 것이오.

사를 그동안은, 자애의 눈길을 내려 주시오 엎드린 당신의 종에게.

르네 〔다른 대신들에게 따로〕 폐하께서, 말씀이 아주 기신 듯한데,

알랑송 분명, 이 여인 속옷 참회까지 들으시려는 게지요,
아니라면 이렇게 말씀이 늘어지실 수가 없잖소.

르네 우리가 훼방을 놓을까요, 폐하께서 적당을 모르시니?

알랑송 폐하께서 뜻하시는 게 불쌍한 우리들 상상 이상인 것 아니오?

여자들이란 혀로 재빠르게 사내를 유혹하거든.

르네 〔샤를에게〕 폐하, 어떻게 됐습니까? 어떤 결정을 내리셨나요?

오를레앙을 포기할까요, 말까요?

잔 아니, 안 되오, 절대. 믿을 수 없는 겁쟁이들 같으니,

마지막 순간까지 싸우시오, 내가 그대들을 지켜 주리니.

샤를 그녀의 말, 내가 확증하리다, 끝까지 싸웁시다.

잔 내가 받은 사명은 잉글랜드를 벌주는 채찍이오.

오늘밤 포위를 내가 확실히 풀겠소.

기대하시오 겨울날 마르텡 성인의 여름을, 물총새 둥지 지을 정도로 바다 고요한 날을,

내가 이 전쟁에 들어왔음이오.

영광이란 물 위에 파문 같은 것,

끊임없이 자신을 키워 가다가

종내는, 넓게 퍼짐으로 인하여, 흩어져 없어지는 것.

헨리의 죽음으로, 잉글랜드의 파문은 끝이오.

흩어졌소 그 안에 들었던 영광들은.

지금 나는 그 당당하고 의기양양한 함선,

시저와 그의 행운의 여신을 함께 실었던 그것과 같소.

샤를 모하메드가 비둘기로 영감을 받았다 했던가?

그렇다면 그대는 독수리로 영감을 받았구려.

헬렌, 콘스탄티누스 대제의 어머니도,

필립 성인의 네 처녀 딸들도 그대 같지는 못했소.

찬란한 비너스의 별이로다, 지상에 떨어진,

어떻게 내가 그대를 숭앙해야 충분타 하겠소?

알랑송 이렇게 지체할 게 아니라, 포위를 풀러 가야죠.

르네 여인, 할 수 있는 것을 하여 우리의 명예를 구해 주오.

저들을 오를레앙에서 몰아내고, 불멸 되시라.

샤를 당장 해봅시다. 가요, 어서, 착수를 해야지.

어떤 예언자도 난 안 믿을 것이오, 만일 그녀가 가짜라면.

모두 퇴장

1막 4장

런던탑

글로스터 공작, 푸른 외투 차림의 하인들과 함께 등장

글로스터 오늘은 탑을 살펴봐야지.
헨리가 죽은 이래, 부정이 있는 것 같은 게.
간수들은 어디 갔느냐, 여기서 마중을 않고?
(하인 하나가 대문을 두드린다)
대문을 열라. 나는 글로스터다.

첫 번째 간수 (탑 안에서) 누가 이리 야단스레 문을 두들기시오?

글로스터의 첫 번째 하인 고결한 글로스터 공작이시오.

두 번째 간수 (탑 안에서) 그가 누구든, 당신들 들여보낼 수 없소.

글로스터의 두 번째 하인 고얀 놈, 그게 호국경께 드리는 대답이냐?

첫 번째 간수 (탑 안에서) 주께서 호국경 지켜 주기를, 그게 호국경에 대한 대답이오.
우리는 명령받은 대로 할 뿐이오.

글로스터 누가 네놈들한테 명령을 해? 아니 누구 명령이 선단 말이냐, 내 명령 말고?
왕국 호국경은 나뿐이거늘.
(하인에게)
대문을 부숴라. 내가 보장하겠노라.

내가 똥더미 말구종한테 이렇게 조롱당해서야 되겠는가?

글로스터의 하인들이 대문을 덮친다.

우드빌 〔탑 안에서〕 왜 이리 시끄럽나? 어떤 역도들이 온 게야?

글로스터 책임관, 이 목소리 자네지?

문을 열라! 글로스터다, 들어가겠다.

우드빌 〔탑 안에서〕 진정하십시오, 고결한 공작님. 전 문을 열 수 없습니다.

우리 윈체스터 경께서 금하십니다.

그분한테서 명확한 명을 제가 받았습니다

공작님, 그리고 그 누구든, 들여보내지 말라는.

글로스터 소심한 우드빌! 내 앞에서 그를 추켜세우겠다는 거냐?—

거만한 윈체스터, 그 시건방진 주교,

헨리, 고인 되신 우리 주군께서, 결코 참고 보아줄 수 없었던 그자를?

네놈은 하나님한테도 국왕한테도 친구가 아니로다.

문을 열라, 내가 네놈을 당장 내쫓아 버리기 전에.

하인들 호국경께 문을 열어 드리시오,

아니면 우리가 부숴 열겠소, 빨리 나오지 않으시면.

탑 대문에 있는 호국경에게로 윈체스터 주교, 황갈색 외투 차림의 시종들과 함께 등장.

윈체스터 어쩐 일이쇼, 야심만만한 터키 제국 고위 공직자께서! 이게 무슨 짓이오?

글로스터 삭발 사제, 당신이 날 들이지 말라고 명했나?

윈체스터 했고말고, 당신 정말 왕위를 찬탈한 반역자 아닌가,
호국경은 무슨, 왕도 왕국도 지킬 생각이 없으면서.

글로스터 물러서지 못할까, 이 명백한 음모꾼 같으니.
네놈, 돌아가신 우리 주군 살해 음모를 꾸민,
네놈, 포주들 돈을 걷고 창녀들한테 죄악의 면죄부를 주는,
네놈이 이런 오만방자를 계속한다면—

윈체스터 아니지, 당신이 물러서! 난 한 발짝도 안 움직여.
여길 다마스커스로 하지, 당신이 저주받은 카인 하라구,
당신 동생 아벨을 죽여, 죽일 테면.

글로스터 내가 널 살해하지는 않을 것이야, 하지만 물리치기는 하겠다.
네 자줏빛 사제복을, 애들 세례 가운 삼아,
널 여기서 끌어내겠어.

윈체스터 뭐든 감히 해볼 테면 해보쇼, 당신 면전에서 거부할 테니.

글로스터 뭐라, 나한테 감히가 어떻고 면전이 어떻고 거부가 뭐 어째?
칼을 뽑으라, 이보게들, 비록 신성한 장소지만.

〔모두 칼을 뽑는다〕

푸른 외투 대 황갈색 외투군!—사제, 네놈 턱수염 조심해.
내 정말 그걸 잡아당기고, 빰싸대기를 갈겨 줄 모양이니까.
내 발로 내가 네놈 주교관을 짓밟아 버릴 테니 말이다.
교황이고 자시고, 교회 권위고 자시고,
네놈 턱을 붙잡고 위아래로 질질 끌어 줄 테니 말이다.

윈체스터 글로스터, 당신 이 일에 대해 교황께 답변케 될 거요.
글로스터 윈체스터 성병 이름이 교황이냐. 난 이리 외칠 테다, '올가미, 교수대 올가미!'
〔하인들에게〕 저놈들 여기서 쳐내라니까. 왜 그냥 서 있게 두는 거냐?
〔윈체스터에게〕 네놈은 내가 쫓아내 주마, 이런 양의 탈을 쓴 늑대 같으니.
꺼져, 황갈색 외투들! 꺼져라, 법복 입은 위선자!

글로스터의 하인들이 주교의 시종들을 쳐낸다. 소동 중 런던 시장 및 그의 경관들 등장

시장 저런, 대신분들—두 분, 최고 행정장관들께서,
이리 체면도 내팽개치고 평화를 깨시다니요.
글로스터 닥치시오, 시장, 내가 뭘 잘못했단 말이오.
여기 이 보포트란 자가—하나님도 국왕도 안중에 없는 자인데—
여기서 런던탑을 자기 재산으로 착복했단 말이오.
윈체스터 〔시장에게〕 여기 이 글로스터라는 자는—시민의 적이고,
항상 전쟁을 주장하고, 평화는 결코 옹호하지 않고,
엄청난 세금 부과로 당신의 후한 지갑을 과도하게 터는 자인데—
종교를 타도하려 하고 있소,
왜냐면 그가 이 왕국의 호국경이고,
이곳의 무기를 탑 밖으로 꺼내다가
스스로 왕이 되어 왕세자를 억압하고 싶거든.

글로스터 네놈은 말이 소용없으니 칼로 다스려야겠다.

양쪽이 다시 소소하게 싸운다.

시장 나로서는 별수가 없군, 이런 떠들썩한 분쟁의 경우,
공개 포고를 내리는 것 밖에는.
자, 경관, 할 수 있는 최대한도로 크게, 외치라.

경관 지위 신분을 막론한 모든 사람들, 오늘 무장을 하고 이곳에 모여 하나님의 평화, 그리고 국왕의 평화를 거스른 자들, 폐하의 이름으로 요구하고 명하노니 각자 사는 곳으로 돌아갈 것이며, 어떤 장검, 무기, 혹은 단검도 향후 갖고 다니거나, 다루거나, 혹은 사용해서는 안 될 것이다, 어기는 자 사형이다.

싸움이 중지된다.

글로스터 주교, 내 법을 어기지는 않겠다.
하지만 우리 다시 만나 자세한 얘기를 나누게 될 것이다.

윈체스터 글로스터, 우리 만나고 당신은 큰코다칠 거요, 분명.
당신 심장 혈액을 내가 뽑아 갖겠다 이 말이야 오늘 일로.

시장 도제들 몽둥이세례를 동원하겠소, 두 분께서 안 가시면.
(방백) 이 주교는 악마보다 더 거만하군.

글로스터 시장, 잘 있으시오. 할 수 있는 것만 하는 거지 어쩌겠소.

윈체스터 구역질 나는 글로스터, 당신 머리 조심해,
내가 머잖아 그걸 가져갈 모양이니까.

양쪽이 따로따로 모두 퇴장

시장 〔경관들에게〕 남아 있는 자 없나 보고, 없으면 우리도 가자.—
맙소사, 이 귀족분들 진짜 성깔 끝내주는군!
난 40년 동안 한 번도 안 싸운 몸인데.

모두 퇴장

1막 5장

오를레앙

포병대장과 그의 아들인 소년 등장

포병대장 애야, 너는 알지 오를레앙이 포위되었다는 거,
그리고 잉글랜드인들이 교외를 차지했다는 거 말이다.
소년 아빠, 알아요, 그리고 제가 몇 번 그들한테 포도 쐈는걸요,
그렇지만, 불행하게도, 과녁을 못 맞췄어요.
포병대장 하지만 이제 그러면 안 돼. 내가 시키는 대로 해야지.
포병대장이니라 내가 이 도시의.
내가 뭔가 해서 명예를 쌓아야지.
왕세자님의 밀정들이 내게 준 정보로는
잉글랜드인들이, 교외에서 바싹 붙여 자리를 잡은 터라,
늘, 비밀 쇠살대를 통해,
저쪽에 보이는 탑 쇠살대 말이다, 뚫어져라 내려다본다는구나 도시를,
그리고 그렇게 하여 찾아낸다는 거야 가장 유리하게
그들이 우리를 포격 혹은 돌격으로 괴롭힐 방법을.
이 허점을 가로막기 위해
대포 1문을 그 방향을 직접 겨냥해 배치해 놓았다,

그리고 요즘 사흘 동안 지켜보기도 했단다, 그들이 보일 경우.

이제 네가 지켜보거라, 난 더 이상 여기 있을 수 없거든.

누구든 눈에 띄면, 달려와서 내게 전해,

난 총독실에 있을 거니까.

소년 아빠, 꼭 그럴게요, 아무 걱정 마세요—

〔포병대장 한쪽 문으로 퇴장〕

절대 아버질 성가시게 안 하죠, 제가 그들을 보게 된다면.

다른 쪽 문으로 퇴장

1막 6장

오를레앙 성벽 앞 탑

솔즈베리 백작과 탈봇 영주가 위, 구름사다리로, 다른 사람들(그 중에는 토머스 가그레이브 경과 윌리엄 글라스데일 경도 있다)과 함께 등장

솔즈베리 탈봇, 저의 생명, 저의 기쁨, 다시 돌아오신 건가요?
대접이 어떻던가요, 포로로 잡히시니?
혹은 어떤 방식으로 풀려나신 건가요?
말씀해 주세요, 아무쪼록, 이 구름사다리 꼭대기에서.

탈봇 베드포드 공작께 포로가 한 명 있었소,
상트레이유의 용감한 영주 퐁통이라 불리는 자였지,
그를 교환 혹은 몸값 삼아 내가 풀려났지.
하지만 훨씬 더 직급이 낮은 병사와
그들이 경멸의 뜻으로 날 바꾸려 한 적이 있었지—
그것을 내가, 깔아뭉개며, 조소했소, 그리고 죽기를 원했다,
그리 싸게 값이 매겨지느니 차라리.
간단히 말해서, 난 풀려났소, 내가 원했던 식으로.
하지만 오, 그 반역자 파스톨프 내 가슴을 흉기로 쑤셔 대는군,
그자를 내 맨주먹으로 처단하겠소

지금 바로 내 앞에 있다면.

솔즈베리 하지만 어떤 대접을 받으셨는지도 애기해 주셔야죠.

탈봇 냉소와 멸시와 경멸적 조롱을 받았지.
장터 광장으로 그들이 날 데려가더만,
공공연한 볼거리로 말이지.
'이자가,' 그들이 그랬어, '프랑스인들의 공포,
허수아비다, 우리 애들을 그토록 벌벌 떨게 했던.'
그때 내가 날 끌고 가던 경관들을 뿌리치고
손톱으로 땅에서 돌멩이를 파내
던져 댔지 내 치욕을 구경하는 자들한테.
소름끼치는 내 얼굴이 다른 자들도 도망치게 만들었어.
아무도 감히 근접 못했다, 비명횡사하게 될까 봐.
쇠벽에 가두고도 그들은 날 안심하지 않았어.
내 이름의 워낙 엄청난 공포가 그들 사이 퍼져서
그들은 내가 강철 창살을 비틀어 뜯어내고
철석의 말뚝을 발로 차 박살낼 거라고 생각했거든.
그래서 선발된 명사수 경비병들이 날 지켰지
매 분마다 내 주변을 걸어 다니면서 말이지,
그리고 내가 침대 밖으로 잠깐 나오기만 해도
곧장 내 심장을 쏘아 맞출 태세였지.

소년이 화승막대를 들고 무대를 지나간다.

솔즈베리 고통당하신 얘길 들으니 마음이 아픕니다.
하지만 충분히 되갚아 줘야죠.
지금 오를레앙은 저녁 먹는 시간이군요.

여기, 이 쇠살대를 통해, 제가 하나하나 인원을 세고,
살핍니다 프랑스인들이 요새 쌓은 방식을.
들여다보십시다. 조망이 아주 맘에 드실 겁니다.—
토머스 가그레이브 경과 윌리엄 글라스데일 경,
귀하들의 정확한 의견을 듣고 싶소,
다음 포격 장소로 어디가 제일 좋은지.

그들이 쇠살대를 통해 본다.

가그레이브 제 생각엔 북문인데요, 루 성인 요새가 거기니까.
글라스데일 제가 보기엔 여기, 다리 방파제 쪽인데요.
탈봇 아무래도, 이 도시는 굶어죽게 만들거나,
가벼운 싸움으로 진을 빼거나 해야 할 것 같은데.

안에서 프랑스 측 포 소리, 그리고 솔즈베리와 가그레이브가 쓰러진다.

솔즈베리 오 주여 제게 자비를, 비참한 죄인이나이다!
가그레이브 오 주여 제게 자비를, 애처로운 인간이오니!
탈봇 이게 뭐냐 갑자기 우릴 가르고 지나간 것이?
말을 해보시오, 솔즈베리—그래도, 할 수 있으면, 말을 하시오.
괜찮으신가, 진짜 사나이 중 최고의 전범께서는?
눈 하나와 뺨 한쪽이 충격에 떨려 나갔다?
저주받으라 탑! 저주받으라 치명적인 손,
이 애처로운 비극을 획책하다니!
열세 번의 전투에서 솔즈베리는 이겼다,

헨리 5세 왕에게 그가 제일 먼저 가르쳤지 전쟁을,
아무 나팔이든 소리를 내고 아무 북이든 둥둥대는 동안
그의 장검은 결코 전장에서 가격을 멈춘 적이 없었다.
아직 살아 있소, 솔즈베리? 비록 말씀은 못하지만,
눈이 하나 남았으니 하늘에 은총을 바라 보시오.
태양은 한 눈으로 온 세계를 살피지요.
하늘이여, 살은 자 아무에게도 은총 내리지 마소서
솔즈베리가 당신 몸소 내리시는 은총을 받지 못한다면.—
토머스 가그레이브 경, 숨이 남아 있소?
탈봇한테 말을 해요. 아니, 그분을 우러러보셔야겠구려.
그의 시신을 모셔라 내가 시신 묻는 걸 돕겠다.

〔한 사람이 가그레이브의 시신을 들고 퇴장〕

솔즈베리, 이 위로의 말을 듣고 기운을 내시오.
당신은 죽지 않아요 그날까지는—
그가 손짓해 부르고, 내게 미소를 짓는 게,
이렇게 말하는 것 같군, '내가 죽어 사라지면,
잊지 말고 내 원수 프랑스인들에게 되갚아 달라.'
플랜타저넷, 내 그러리다—그리고 네로, 그대처럼,
류트를 연주하겠다, 도시가 불타는 것을 바라보며.
프랑스는 비참해질 것이다 내 이름 소리만 들어도.

〔전투 경보, 그리고 천둥과 번개〕

이게 무슨 일? 하늘이 왜 이리 요란한 게야?
이 전투 경보와 소린은 웬일?

사자 등장

사자 영주님, 영주님, 프랑스군이 집결했습니다.
도핀이, 성처녀 잔이라는 여자와 합세했는데,
이제 마악 출현한 성스러운 예언녀라 하고,
그들이 대군을 몰고 와 포위를 풀려 합니다.

솔즈베리가 몸을 일으켜 신음한다.

탈봇 들으라, 들어 보라, 죽어 가는 솔즈베리의 신음 소리를!
그의 마음 진저리 친다 복수할 수 없기에.
프랑스 놈들, 내가 너희에게 솔즈베리 되리라.
처녀건 유부녀건, 도핀이건 돌고래건,
너희 심장을 내가 내 말 뒷굽으로 짓밟아 버리고
너희들 뒤섞인 뇌수를 진구렁으로 만들 것이다.—
솔즈베리를 그의 막사로 데려가 다오,
그런 다음 보자꾸나 이 비겁한 프랑스 놈들이 감히 어쩌겠다는 건지.

전투 경보. 솔즈베리를 운반하며 모두 퇴장

1막 7장

오를레앙 안과 앞

다시 전투 경보, 그리고 탈봇이 도핀을 추적하고 몰아낸다. 그런 다음 성처녀 잔이 잉글랜드인 몰이를 하며 등장했다 퇴장. 그런 다음 탈봇 영주 등장

탈봇 어디로 간 게야 내 힘, 내 용기, 그리고 내 세력은?
우리 잉글랜드 군대가 퇴각한다, 그들을 잡아놓을 수가 없어.
무장한 여인네가 사내들을 추적한다.
〔성처녀 잔 등장〕
저기, 저기 오는군. 〔잔에게〕 나와 한번 붙어 보자.
악마든, 악마의 어머니든, 내가 널 마법으로 불러낼 테니.
네 피를 뽑아 주지—마녀 피를 뽑아야 마법에 안 걸리지—
그리고 곧장 네 영혼을 네 주인한테 보내 주마.

잔 쓸데없는 소리 말고 덤벼라, 오로지 내가 널 수치스럽게 만들어야 함이로다.

둘이 싸운다.

탈봇 하늘이여, 지옥이 이리 우세하도록 두고 보시다니요?
생명력을 쥐어짜내느라 가슴이 터질망정

그리고 어깨에서 두 팔이 쪼개져 나갈망정
내 반드시 이 거만한 창녀를 매질하여 벌하리라.

둘이 다시 싸운다.

잔 탈봇, 이제 그만. 네 시간은 아직 오지 않았다.
난 가서 오를레앙에 식량을 공급해야겠구나.
(짧은 전투 경보, 그런 다음 프랑인들이 무대를 지나 병사들과 함께 도시로 들어간다)
날 따라잡아라 할 수 있으면. 난 우습다 네 힘이.
가 봐, 가서, 굶어 죽는 네 부하들 기운을 북돋아 줘야지.
솔즈베리 유언도 도와야 하고.
오늘은 우리 것이다, 앞으로 숱하게 많은 날들이 그럴 것이고.

도시 속으로 퇴장

탈봇 머릿속이 빙글빙글 도는 게 옹기장이 물레바퀴 같군.
알 수가 없어 내가 어딨는지도 뭘 하는지도.
마녀가 공포로, 힘이 아니라, 한니발처럼
물리친다 우리 군대를 그리고 정복한다 하고 싶은 대로.
흡사 벌들을 연기로 그리고 비둘기들을 유독한 악취로
벌집과 비둘기집에서 쫓아내는 꼴이다.
저들이 우리를, 사납다는 뜻으로, 잉글랜드 개들이라고 불렀지.
이제, 강아지한테 가듯, 우리는 울며 달아나는 신세다.
(짧은 전투 경보. 잉글랜드 병사들 등장)

들어라, 동포들. 다시 전투에 나서든지
사자 문양을 잉글랜드 문장에서 찢어 내든지 둘 중 하나다.
너희 표식을 버리든지, 사자 대신 양 문양을 집어넣든지.
늑대로부터 달아나는 양도 절반 이상 비겁하지는 않다
표범한테서 달아나는 말이나 수소 또한 그렇지
누차 복종시켰던 노예들한테서 달아나는 너희 꼴에 비하면.

〔전투 경보. 또 한 차례 소소한 전투〕

안 되겠구나. 참호로 돌아가라.
너희 모두 솔즈베리의 죽음에 동조했도다,
그의 복수를 위해 일격을 가하려는 자 아무도 없으니.
성처녀 오를레앙에 입성했구나
우리 존재에도 불구하고 혹은 우리가 무엇을 할 수 있었든.

〔병사들 모두 퇴장〕

오 솔즈베리와 함께 죽었어야 하는 건데!
오늘의 치욕은 나로 하여금 머리를 숨기게 만들 것이다.

퇴장. 전투 경보. 퇴각 나팔 소리

1막 8장

장면 계속

화려한 취주. 성벽 위로 성처녀 잔, 샤를 도핀, 앙주 공작 르네, 알랑송 공작 그리고 프랑스 병사들, 군기를 들고 등장

잔 게양하시오 펄럭이는 우리 깃발을 성벽에,
구조되었소 오를레앙이 잉글랜드인한테서.
이렇게 성처녀 잔 약속을 수행하였소.

샤를 가장 신성한 피조물, 정의의 여신 아스트레아의 따님,
이 승리를 어떤 명예로 내가 보답해야 하겠소?
그대의 약속 아도니스의 정원과 같소,
꽃핀 지 하루 만에 열매를 맺으니.
프랑스여, 승리하라 그대의 영광스러운 예언녀로!
되찾았도다 오를레앙 시를.
이보다 더 축복받은 사건 짐의 왕국에 없었도다.

르네 도시 전체에 걸쳐 종을 크게 울리라 하시지요?
도핀, 시민들한테 명하시어 화톳불 피우고
축제와 향연을 거리 공터에서 벌여
경축케 하소서 하나님께서 우리에게 내리신 기쁨을.

알랑송 프랑스 전체가 환희와 기쁨으로 넘칠 것입니다
우리가 사내답게 행동했다는 소식을 듣게 된다면.

샤를 잔이오, 우리가 아니지, 오늘의 승리를 있게 한 사람은—
그 보답으로 나는 내 왕관을 그녀와 나눌 것이오,
그리고 내 왕국 내 온갖 사제와 수도사들이
행진하며 끝없는 그녀 예찬을 노래해야 할 것이오.
더 위용 있는 피라미드를 내가 그녀에게 세워 줄 것이오
멤피스의 로도페 것보다 더 위용 있게 말이오.
그녀를 기리기 위해, 그녀가 죽었을 때
그녀의 재는, 진귀하기가 숱한 보석을 박은
다리우스의 상자보다 더한 단지에 담겨
운반되어야 할 것이오 중요한 축제 때
프랑스의 왕들과 왕비들 앞에.
더 이상 드니 성인의 날 우리가 소리치지 않고,
성처녀 잔을 프랑스의 수호성인으로 할 것이오.
들어들 가시지요, 그리고 왕족답게 연회를 여십시다.
이렇게 승리의 황금 대낮 보냈으니.

화려한 취주. 모두 퇴장

제2막

내 영혼을 걸고, 이 창백하고 분노한 장미를,
피를 마시는 내 증오의 상징으로,
영원히 내가, 그리고 내 편이, 달고 다닐 것이다
그것이 시들어 내 무덤에 함께 묻힐 때까지.

2막 1장

오를레앙 안과 앞

성벽 위로 프랑스 하사관, 보초 두 명과 함께 등장

하사관 이보게들, 위치로 가서 부단히 경계하라구.
무엇이든 소리 혹은 병사 기척이
성벽 가까이 느껴지면, 어떤 명백한 신호를 보내
위병소 우리한테 알리도록.

보초 하나 하사관님, 그리하겠습니다.

〔하사관 퇴장〕

머슴이 따로 없네,
다른 놈들은 고요한 침대에서 잠을 자건만,
보초라니, 이 어둠과 비, 그리고 추위 속에.

탈봇 영주, 베드포드 및 부르고뉴 공작 그리고 병사들, 공성사다리를 들고, 짐짓 장송 북소리를 내며 등장

탈봇 섭정 저하, 그리고 빼어나신 부르고뉴—
당신이 접근한 덕에 아르투아, 왈롱, 그리고
피카르디 지역이 우리 편이 되었지요—
이 다행스런 밤 프랑스 놈들이 지나친 자만에 빠졌군요,
온종일 진탕 마시고 연회를 벌인 걸 보니.

그렇다면 우리는 이 기회를 껴안아
저들의 기만을 최대한도 되갚아 주는 거죠,
책략과 재앙적인 마법으로 획책한 그 기만 말이오.

베드포드 프랑스 겁쟁이 놈! 명성을 아예 박살낼 작정인가,
제 팔뚝의 용기에 아무리 절망했기로
마녀와 지옥의 도움을 끌어들이다니.

부르고뉴 반역자들 친구가 달리 있겠는지요,
근데 '성처녀'란 게 뭡니까 저들이 그리 순결하게 여긴다는?

탈봇 웬 처녀라고 합디다.

베드포드 처녀요? 그런데 그리 잘 싸워요?

부르고뉴 조만간 사내로 밝혀지면 큰일이겠소.
프랑스 군대 깃발을 이불 삼아
그녀가 또 다른 전투를 벌이기라도 했다면—

탈봇 뭐, 저들은 그냥 유령들과 찧고 까불고 하라고 둘 밖에.
하나님은 우리 요새시니, 정복자 그분의 이름으로
우린 저들의 단단한 방벽을 사다리 타고 기어오를 밖에.

베드포드 오르시오, 용감한 탈봇. 우리가 그대를 따를 것이니.

탈봇 모두 같이 움직이면 안 되죠. 훨씬 더 낫습니다, 내 생각에는,
우리가 여러 갈래로 출구를 내는 것이—
그래야, 혹시 우리 중 누가 실패하더라도,
남은 이들이 프랑스군 저항을 뚫고 오를 수 있을 테니.

베드포드 좋소. 난 저쪽 구석 자리로 가겠소.

부르고뉴 난 이쪽이고요.

베드포드와 부르고뉴가 병사들 몇을 데리고 따로따로 퇴장

탈봇 그리고 여기서 탈봇은 오를 테다, 아니면 무덤을 만들거나.
이제, 솔즈베리, 당신을 위해, 그리고 잉글랜드인 헨리의
권리를 위해 오늘 밤 보여 줄 것이오
내가 두 분한테 느끼는 의리가 어느 정도인지를.

탈봇과 그의 병사들이 사다리 타고 벽을 기어오른다.

보초 비상! 비상! 적들이 공격해 온다!
영국 병사들 조지 성인이시여! 탈봇에게로! (위에서 모두 퇴장)

전투 경보
프랑스 병사들이 속옷차림으로 벽을 뛰어 넘어온 후 퇴장. 여러 갈래로 오를레앙의 서자, 알랑송 공작, 그리고 앙주 공작 르네, 옷을 반쯤 입고 반쯤 벗은 상태로 등장.

알랑송 괜찮으시오, 영주님들? 아니 모두 옷차림이, 그리 황급하셨더란 말이오?
서자 황급? 그랬죠, 천만다행으로 빠져나온 걸요.
르네 빨리 일어나 침대를 빠져나와야 할 것 같았소,
내실에서 전투 경보를 들었으니.
알랑송 전쟁터를 따라다니며 숱한 전투를 겪었지만
한 번도 들어본 적이 없소 어떤 공격이
이보다 더 모험적이거나 필사적이었다는 얘기를.
서자 탈봇이란 자 지옥의 맞수 같군요.
르네 지옥의 적이 아니라면, 하늘의 총애가 확실하거나.
알랑송 저기 샤를께서 오십니다. 무사하시니 정말 다행이오.

샤를 도팽과 성처녀 잔 등장

서자 쯧, 성녀 잔의 품에 안겨 무사하셨구먼.

샤를 〔잔에게〕 이것이 네 마법인가, 이 사기꾼 계집?
네가 처음에는, 우리에게 잘 보이려고,
우리에게 약간의 이득을 나눠 줬단 말이냐
이제 그 열 배를 손해 보게 하려고?

잔 왜 샤를께서는 자기 친구에게 화를 내시오?
항상 내 힘이 똑같아야 성이 차시겠소?
잠을 자든 깨어 있든 내가 내내 이겨야지,
아니면 날 비난하고 내 탓으로 돌리겠다는 거요?—
태만한 군인들 같으니, 당신들 경계가 훌륭했다면,
이 급작스런 재난은 절대 닥칠 수가 없었소.

샤를 알랑송 공작, 이건 당신 탓이었소,
오늘 밤 경계 책임자로서,
그 막중한 임무를 제대로 수행하지 않았음이니.

알랑송 여러분들 구역 모두 경비가 철통 같기
내가 맡은 구역만 같았더라면,
우리가 이토록 수치스럽게 기습당하지는 않았을 게요.

서자 내 구역은 안전했소.

르네 제 구역도 그랬고요, 폐하.

샤를 그리고 나로 말하자면, 이 밤 거의 내도록
그녀의 구역과 내 자신의 관할 안에서
바삐 오갔소
보초들을 위로하느라.

그렇담 도대체 어느 쪽으로 그들이 길을 처음 냈단 말이오?

잔 묻지 마시오, 여러분들, 더 이상 그 문제는,
어느 쪽이든. 확실한 것은 그들이 찾아냈단 거죠
경계가 소홀한 곳을, 그곳이 뚫렸고요.
그리고 이제 남은 방법은 이것뿐—
뿔뿔이 흩어진 우리 병사들을 모으고,
새로 계획을 짜서 저들에게 타격을 가하는 것이오.

전투 경보. 영국군 병사 하나 등장

영국군 병사 탈봇! 탈봇!
(프랑스인들, 옷을 그냥 놔두고 도망친다)
이 몸은 감히 저들이 두고 간 걸 취하시겠단 말씀.
'탈봇'만 외쳐도 칼을 휘두르는 거나 마찬가질세,
내가 숱한 전리품을 챙겼다 이거야,
그의 이름을 무기 삼아서 말이지.

전리품을 들고 퇴장

2막 2장

오를레앙 안

탈봇 영주, 베드포드 및 부르고뉴 공작, 지휘관과 병사들 등장

베드포드 날이 밝기 시작하고 밤은 달아났다,
밤의 새까만 망토가 대지를 덮쳤었나니.
이제 퇴각 나팔 울려 중지시키라 우리의 뜨거운 추격을.

퇴각 나팔 소리

탈봇 노 솔즈베리 경의 시신을 가져와
장터에 드높이 올리라,
이 저주받은 도시 한복판에 말이다.
〔한두 명 퇴장〕
이제 나는 그의 영혼에 했던 나의 맹세를 지켰노라.
그의 몸에서 흘러나온 피 한 방울마다
최소한 다섯 명의 프랑스놈들이 오늘 밤 죽었다.
그리고 그에 대한 복수로 어떤 파멸이 빚어졌는지
후대에게 보여 주기 위하여
저들의 가장 중요한 사원 안에 나는 세울 것이다
묘지를, 그 안에 그의 시신이 안치될 것이다—

그리고 그 위에, 누구나 읽을 수 있도록,
새길 것이다 오를레앙의 약탈을,
그가 역적의 술수로 통탄의 죽음을 맞았다는 것을,
그리고 그가 프랑스에 어떤 공포를 불러일으켰는가를.
하지만, 영주분들, 우리의 피비린 학살 중
이상하게도 우린 못 만났소이다 도핀 전하도,
그의 신참 전사, 그 잘난 잔다르크도,
그의 거짓된 동맹자들 그 누구도 말이오.

베드포드 아마도, 탈봇 영주, 전투가 시작되었을 때,
졸린 침대에서 급작스레 깨어났으니,
그들이 무장한 군인들 틈에 섞여
성벽을 뛰어넘고 들판으로 피한 것 같소.

부르고뉴 나 자신, 제대로 본 건지는
화염과 밤의 어스레한 수증기 때문에 모르겠으나
확신하오 내가 도핀과 그의 창녀를 질겁케 했다고,
팔짱을 끼고 그 두 연놈이 재빨리 달아나는 게,
서로 사랑하는 호도애 한 쌍 같더군요,
밤이고 낮이고 떨어져서 살 수 없다는 그 새 말이오.
여기 일이 정리된 후,
전력을 다해 그들을 쫓기로 하지요.

사자 등장

사자 모두 안녕하십니까, 영주님들! 이 군주 일행 중 어느 분이
그 호전적인 탈봇이십니까, 그 용맹이
프랑스 전역에서 그토록 칭송받고 있는?

탈봇 내가 탈봇이다. 누가 보냈는가?

사자 덕망 높으신 숙녀, 오베르뉴 백작부인께서,
영주님 명성을 흠모하시며,
저를 보내 간청드립니다, 위대한 영주님, 영주님께서
부디 숙녀분 거처인 초라한 성으로 와 주십사,
하여 숙녀께서 그분을 뵈었노라 자랑할 수 있게 해 주십사,
그 영광이 세계를 큰 소리로 채우고 있는 그분 말입니다.

부르고뉴 그리되었나? 저런, 그렇담 우리 전쟁은
평화로운 희극풍 운동 경기로 바뀌겠구려,
숙녀분들이 한번 해보자고 앙청하니 말이오.
의당, 영주께서는, 그녀의 점잖은 청을 물리치지 않으실 터.

탈봇 물리치다뇨, 이 세상 모든 사내들의
온갖 웅변에도 넘어가지 않던 자가
여인의 부드러운 한마디에 꼼짝 못한다잖소.—
그러니 그분께 여쭈거라 내 크게 감사드리며
뜻에 따라 그분을 뵙겠노라고.—
여러분들도 같이 가지 않으시겠소?

베드포드 아니죠, 정말, 그건 에티켓에 어긋납니다.
그리고 이런 말도 있고요, '불청객은
떠났을 때 가장 환영을 받는다'.

탈봇 뭐 그러시다면, 혼자 가지요—별수 없이—
내가 이 부인의 대접을 받아 보겠소.
이리 오리, 지휘관.

〔그가 속삭인다〕

내 말 알겠는가?

지휘관 예, 영주님, 분부대로 하겠구요.

따로따로 모두 퇴장

2막 3장

오베르뉴, 백작부인의 성

오베르뉴 백작부인과 그녀의 문지기 등장

백작부인 문지기, 내가 시킨 일 잊지 말고,
그리한 후, 열쇠를 내게 가져오거라.

문지기 마님, 그리하겠습니다. (퇴장)

백작부인 계획은 짜여졌다. 모든 일이 제대로 맞아 떨어지면,
난 이 업적으로 유명하기가
키루스 죽인 스키타이 여왕 토미리스처럼 되겠지.
엄청나다 이 무시무시한 기사의 명성은,
그의 업적 또한 그에 못지않고.
기꺼이 내 눈은 내 귀와 더불어 증인이 되어
이 희귀한 소문을 확인해 보리라.

사자와 탈봇 영주 등장

사자 마님, 마님께서 바라시고,
전언으로 간청하신 대로, 탈봇 영주께서 오셨습니다.

백작부인 어서 오시라 해라. 아니, 이것이 그 사람이냐?

사자 마님, 그렇습니다.

백작부인 이것이 그 프랑스의 채찍 형벌이라구?
이것이 그 탈봇, 사방팔방 너무도 공포의 대상이라
그 이름만 들려도 어머니가 제 아이를 조용히 시킨다는?
황당무계한 거짓 소문이었구나.
난 헤라클레스쯤을 보겠구나 생각했지,
제2의 헥토르, 근엄한 풍모에
사지가 다부지고 장대한.
아아, 이건 어린아이, 연약한 난쟁이 아니냐.
이런 허약한 쪼그랑 꼬마가
그런 공포를 적들에게 안겼을 리 없지.
탈봇 부인, 제가 외람되게 부인을 방해했군요.
하지만 부인께서 바쁘시니,
나중에 다시 찾아뵙도록 하지요.

그가 가고 있다.

백작부인 〔사자에게〕 왜 저러는가? 가서 물으라 어딜 가는지.
사자 멈추시오, 탈봇 영주님, 우리 마님께서
알고 싶어 하십니다 왜 이리 급작스레 떠나시는지.
탈봇 그거야, 부인께서 내가 탈봇이라는 걸 안 믿으니
내가 감으로써 탈봇이 여기 있었다는 걸 증명할 밖에.

문지기가 열쇠를 들고 등장

백작부인 네가 바로 그자라면, 그렇다면 너는 포로다.
탈봇 포로? 누구한테?
백작부인 나한테다, 피에 굶주린 놈,

그것 때문에 내가 너를 내 집으로 유혹했고.
오랫동안 네 초상은 내게 노예였지.
내 화랑에 네 그림이 걸려 있거든.
하지만 이제 그 실체가 똑같은 일을 겪게 될 터,
내가 네 다리와 팔을 사슬로 묶을 것이다
그토록 여러 해 동안 학정으로
내 조국을 황폐화하고, 우리 시민들을 학살하고,
우리의 아들과 남편들을 포로로 잡아갔으니 말이다—

탈봇 하, 하, 하!

백작부인 웃느냐, 이놈? 네 웃음 신음으로 바뀔 터.

탈봇 내가 웃는 것은 마님께서 어리석게도
탈봇의 그림자에 불과한 것한테
벌을 주겠다 하시기 때문이오.

백작부인 뭐라? 네가 그자 아니더냐?

탈봇 정말 그자지요.

백작부인 그렇다면 난 실체 또한 잡은 것.

탈봇 아니, 아니죠. 난 내 자신의 그림자에 불과하오.
당신이 속으신 거요, 나의 실체는 여기 없지.
당신이 보는 것은 극히 일부
전체의 극히 작은 부분에 불과하거든.
내 말하지만, 부인, 내 몸 전체가 여기 있다면,
그 넓은 몸피와 높은 키는
무인의 지붕도 감당치 못할 것이오.

백작부인 얼렁뚱땅 수수께끼나 늘어놓는 잡상인이로구나.
여기 있을 것이지만, 여기 있지 않다니.

그게 어떻게 말이 된단 말이냐?

탈봇 내 당장 보여 드리지.

〔그가 뿔나팔을 분다. 안에서 북소리 울리고, 시끄러운 대포 소리. 영국군 병사들 등장〕

어떠신가, 부인? 이제 말이 되시는지
탈봇은 그 자신의 그림자에 불과하다는 거?
이들이 그의 실체고, 근육이고, 팔이고, 힘이오,
이것으로 그가 당신 반역의 모가지에 멍에를 씌우고,
당신네 도시를 싸그리 뭉개고 당신네 읍을 엎어 버리고
순식간에 황량한 벌판으로 만들어 버린단 말이지.

백작부인 개선장군 탈봇, 용서해 주시오 제 잘못을.
과연 영주께서는 명성 그대로시고,
눈에 보이는 모습 이상이십니다.
제가 주제넘었으나 화는 내지 말아 주셔요,
이미 죄송하게 생각하고 있습니다 존경으로써
영주님 모습 그대로를 받아들이지 않은 것에 대해.

탈봇 걱정 마시오, 아름다운 부인, 오해도 마시오
탈봇의 마음을. 내 몸의 외모를
부인께서 정말 오해하신 바 있으나.
부인이 하신 일로 나는 화나지 않았소,
내가 정말로 바라는 것은
다름 아니라, 부인께서 괜찮으시다면, 우리가
부인의 포도주와 가능한 진수성찬을 맛보고 싶을 뿐.
군인들의 위장은 늘 먹보니까요.

백작부인 정성을 다하겠습니다, 그리고 영광으로 생각하지요 이토록 위대하신 전사께 제 집에서 만찬을 대접하는 것을.

모두 퇴장

2막 4장

템플 법학원 정원. 찔레 숲

리처드 플랜타저넷, 워릭 백작, 서머싯 공작, 서포크 백작 윌리엄 들라 폴, 그리고 버논과 변호사 등 다른 사람들 등장

리처드 플랜타저넷 위대하신 영주와 신사 분들, 왜 아무 말씀이 없으십니까?
진실의 편에서 답할 분이 아무도 없단 말씀이오?

서포크 법학원 현관홀에서 하기엔 좀 그랬지요.
여기 정원이 더 편하네요.

리처드 플랜타저넷 그렇담 즉시 말하시오 내가 옳지요,
아니면 시비를 일삼는 서머싯이 틀린 거지요?

서포크 정말, 난 법 공부를 게을리 해서요,
내 의지를 법에 적응시킬 수가 결코 없었죠,
그래서 법을 내 의지에 적응시켰다는 것인데.

서머싯 그렇담 당신이 판단해 주시오, 워릭 경, 우리 둘 문제를.

워릭 두 마리 매 중, 어떤 것이 더 높이 나느냐,
두 마리 개 중, 어떤 것이 더 크게 짖느냐,
두 개의 칼날 중, 어떤 것이 더 잘 담금질 되었느냐,
두 마리 말 중, 어떤 것이 타기에 좋으냐,
두 명의 소녀 중, 누구 눈웃음이 더 즐거우냐,

그에 대해서는 제가 약간의 눈썰미가 없지 않다 하겠으나,
이런 까다롭고 예민한 법 문제라면,
글쎄요, 전 갈까마귀나 마찬가지 신센걸요.

리처드 플랜타저넷 쯧, 쯧, 괜히 내숭 떨지 마시고.
진실이 너무도 적나라히 내 편이라
반쯤 먼 눈에도 빤히 보일 것이오.

서머싯 내 편에 그것은 너무도 근사하고,
너무도 분명하고, 너무도 빛나고, 너무도 명백해서,
맹인의 눈 안으로도 그 빛이 들어갈 것이고.

리처드 플랜타저넷 여러분들이 입을 꼭 다물고 말하기를 싫어하시니,
묵언의 손짓으로 표명하시오 여러분의 생각을.
진정한 혈통의 신사로서
그 혈통의 명예를 거시겠다는 분,
만일 내 주장이 옳다고 생각하신다면
이 찔레에서 하얀 장미를 뽑아 내 편이 돼 주시오.

그가 하얀 장미를 뽑는다.

서머싯 겁쟁이도 아첨꾼도 아닌 분,
다만 내내 진리의 편에 서실 분은,
이 찔레에서 붉은 장미를 뽑아 내 편이 되어 주시오.

그가 붉은 장미를 뽑는다.

워릭 난 색깔을 싫어하지, 그러니 온갖 색깔,
천박하고 교묘하게 환심을 사는 아첨의 그것 없이

난 이 하얀 장미를 뽑아 플랜타저넷 편에 서겠소.

서포크 난 이 붉은 장미를 뽑아 젊은 서머싯 편이오,
그리고 덧붙여 선언하겠소 그가 권리를 지녔다고.

버논 멈추세요, 영주와 신사 분들, 그리고 더 이상 뽑지 마세요
그 전에 결정을 하셔야죠 그 편에
뽑힌 장미 수가 적은 분이
다른 편 주장의 올바름을 인정한다는.

서머싯 훌륭하신 버논 선생, 적절한 주장이시오.
내 장미가 적으면, 난 말없이 따르리다.

리처드 플랜타저넷 나도.

버논 그렇다면 본 건의 진실과 명백함을 위하여
나는 여기 이 창백한 처녀 꽃을 꺾겠소,
백장미 편이 옳다는 판결로 말이오.

서머싯 손가락 찔리지 마시오 그걸 꺾으면서,
아니면, 피가 흘러, 백장미를 붉게 물들일 테니,
그러면 본의 아니게 내 편에 서는 거잖소.

버논 설령 내가, 공작님, 내 신념 때문에 피를 흘린단들,
명성이 내 상처를 낫게 해 주고
나를 계속 둘 것이오 내가 지금 선 편에.

서머싯 암, 암, 그렇겠죠. 자, 또 누구?

변호사 내가 배운 것과 법전이 틀리지 않은 한,
당신의 주장은 법적으로 틀렸어요
그 표시로 나 또한 백장미를 뽑겠습니다.

리처드 플랜타저넷 자 서머싯, 당신의 주장은 어디 있소?

서머싯 여기 내 칼집 안에 있지, 생각해 보시오

당신의 백장미를 핏빛 빨강으로 물들일 것을.

리처드 플랜타저넷 그런데 당신 뺨은 우리 백장미 흉내구려,
두려움으로 창백해 보이는 것이, 우리 쪽 진실을
증거하듯이 말이오.

서머싯 아니지, 플랜타저넷,
두려움 때문 아니라, 분노 때문이오, 당신의 뺨이
순전한 수치 때문에 우리 장미를 흉내 내는 데도,
당신 혀가 당신 잘못을 발설치 않으려 하니까.

리처드 플랜타저넷 당신 장미 벌레 먹은 거 아니오, 서머싯?

서머싯 당신 장미는 가시가 있지 않소, 플랜타저넷?

리처드 플랜타저넷 있죠, 날카롭고 콕 찌르지, 그의 진실을 지키려고,
반면 당신의 궤양벌레는 그 거짓을 좀먹고 있고.

서머싯 좋소, 내 피 흘리는 나의 장미 달고 다닐 친구들 찾아
천명케 하겠소 내 주장이 옳다는 것을,
거짓된 플랜타저넷은 감히 나타나지도 못하리.

리처드 플랜타저넷 이제, 내 손에 든 이 처녀 꽃을 걸고,
난 경멸한다 너와 너 같은 부류를, 이 안달쟁이 꼬마야.

서포크 그런 식으로 말하지 마시오, 플랜타저넷.

리처드 플랜타저넷 오만한 폴, 그럴 테다, 그리고 그와 너를 모두 경멸한다.

서포크 그 욕을 내 당신 목구멍에다 쑤셔 주지.

서머싯 그만, 갑시다, 훌륭하신 윌리엄 들라 폴.
향사 따위와 일일이 얘기 나눌 거 뭐 있소.

워릭 이런, 절대, 당신 그러면 안 되는 거요, 서머싯.

그의 할아버지가 클래런스 공작 리오넬이오,
잉글랜드 왕, 에드워드 3세의 셋째 아들이란 말이오.
문장도 없는 향사가 그토록 깊은 뿌리에서 싹튼답디까?

리처드 플랜타저넷 여긴 칼을 뽑을 수 없는 곳이다 그거지
아니면 저 겁쟁이가 어찌 감히 저런 말을 할까.

서머싯 나를 낳으신 분을 걸고, 난 내 주장을 펼 것이오
기독교도의 어느 구역 어느 땅에 있더라도.
당신의 아버지, 케임브리지 백작 리처드는,
반역으로 처형당하지 않았던가 작고하신 왕의 치세에?
그리고 그의 반역으로 당신 피가 물들고,
썩어서, 그 옛날 재산과 작위를 물려받지 못한 거 아닌가?
그의 범죄는 여직 살아 유죄로 당신 피에 흐르니,
복권되기까지 당신은 향사일 밖에.

리처드 플랜타저넷 내 아버지는 체포되셨다, 의회의 권리 박탈 조치는 없었다,
반역죄로 사형되셨으나, 반역자가 아니셨어—
그리고 그 점을 내가 증명하겠다는 거야 서머싯보다 더 나은 분들한테,
그럴 수 있을 때가 오면 말이지.
네 편을 드는 폴과, 네 자신에 대해서는,
내가 내 기억의 책에 적어 두었다가,
너희들의 견해를 채찍질해 주마.
명심하고, 사전경고 없었다는 말 하지 말거라.

서머싯 아무렴, 우린 언제나 당신 환영이야,
그리고 이 색깔로 우리가 당신의 적이라는 걸 보여 주지,

이 색깔을 내 친구들이, 당신을 경멸하며, 달고 다닐 테니.

리처드 플랜타저넷 그리고, 내 영혼을 걸고, 이 창백하고 분노한 장미를,

피를 마시는 내 증오의 상징으로,

영원히 내가, 그리고 내 편이, 달고 다닐 것이다

그것이 시들어 내 무덤에 함께 묻힐 때까지.

아니면 내 고결한 신분에 팡파르를 울리거나.

서포크 누가 말리겠소, 당신 야망으로 질식하든 말든.

그러니 다시 만날 때까지 난 그만. 〔퇴장〕

서머싯 같이 갑시다, 폴.—안녕히 계시오, 야심만만한 리처드. 〔퇴장〕

리처드 플랜타저넷 이런 모욕을 당하고도, 내가 참아야 하다니!

워릭 저들이 당신 가문에 전가하는 그 얼룩은

다음 의회 때 말끔히 씻길 것이오,

윈체스터와 글로스터의 화해를 위해 소집되었지만.

그때 당신이 요크 공작으로 임명되지 않으면,

나도 워릭 백작 노릇 하려고 살지는 않겠소.

그동안, 당신에 대한 내 사랑의 표시로,

오만한 서머싯과 윌리엄 폴에 맞서,

내가 당신 편이 되어 이 장미를 착용할 것이오.

그리고 이제 내 예언하오. 오늘의 이 다툼은,

법학원 정원에서 분파를 낳았는바,

보낼 것이오, 붉은 장미와 흰 장미 사이,

천의 영혼을 죽음과 치명적인 밤에로.

리처드 플랜타저넷 훌륭하신 버논 선생, 은혜를 입었소이다,

선생께서 내 편으로 장미를 꺾어 주셨으니.

버논 당신을 위해 늘 같은 장미를 착용할 겁니다.

변호사 저도 그러겠습니다.

리처드 플랜타저넷 고맙소, 신사분들.

갑시다, 우리 넷이 저녁을 하시지요. 내 감히 말하건대
이 싸움은 다른 날 피를 마실 것이오.

모두 퇴장. 찔레 숲이 옮겨진다.

2막 5장

런던탑 감방

의자에 앉은 에드먼드 모티머, 간수들에 들려 등장

모티머 내 허약하고 시드는 나이의 친절한 지킴이들,
죽어 가는 모티머를 여기서 쉬게 해 다오.
사지 잡아끄는 고문대를 방금 기어 나온 사람 같도다
그런 처지지 내 사지 오래 감금되었으니,
그리고 이 잿빛 자물쇠, 죽음의 사자는,
논증한다 에드먼드 모티머의 죽음을,
근심의 시대 네스토르처럼 늙었으니.
내 두 눈, 소모성 기름이 다한 램프처럼,
갈수록 밀랍 흐릿해진다, 종말에 다가가는 듯
허약한 어깨는, 부담된 슬픔에 짓눌리고,
맥없는 두 팔, 시든 덩굴 같구나,
수액 없는 가지를 바닥에 축 늘어트리는.
하지만 이 두 발은—힘 빠진 버팀대가 마비되어,
이 흙덩어리를 지탱할 수 없으니—
무덤으로 가고픈 욕망으로 빠른 날개 달렸도다,
내 다른 위안 없다는 것을 알므로.

하지만 말해 다오, 간수, 내 조카가 온다더냐?

간수 리처드 플랜타저넷께서, 나리, 오실 것입니다.
우리가 법학원으로 사람을 보냈지요, 그분 방으로,
그리고 오신다는 답을 받았습니다.

모티머 되었다. 내 영혼 그것이면 만족하리라.
불쌍한 신사, 그가 받은 박해는 나에 필적하지.
헨리 몬마우스가 처음 지배한 이래—
그의 영광 이전에는 내 무용이 위대했니라—
이 역겨운 징역살이를 내가 겪었고,
바로 그때부터 리처드는 명성이 가려졌어,
명예와 유산을 빼앗기고 말이지.
하지만 이제 절망의 중재자,
정의로운 죽음이여, 인간 비참의 친절한 조정자,
달콤한 방면으로 날 여기서 치워 다오.
리처드의 근심 또한 마찬가지로 끝났으면 좋겠구나,
그가 박탈당한 것을 다시 찾을 수 있게끔.

리처드 플랜타저넷 등장

간수 나리, 나리께서 사랑하시는 조카분이 지금 오셨습니다.

모티머 리처드 플랜타저넷, 나의 친구, 그가 왔다고?

리처드 플랜타저넷 예, 고결하신 삼촌, 이토록 초라히 되시다니.
당신의 조카, 근래 뭇사람 경멸의 대상인 리처드가, 왔어요.

모티머 (간수에게) 내 팔을 인도해 다오 그의 목을 껴안고
그의 품에 내 마지막 헐떡 숨을 토할 수 있도록.
오 알려 다오 내 입술이 언제 그의 뺨에 닿는지

내가 혼절의 입맞춤을 따스하게 할 수 있도록.

〔그가 리처드를 껴안는다〕

이제 말하라, 위대한 요크의 몸통에서 난 달콤한 줄기,
왜 네가 근래 뭇사람의 경멸의 대상이라 했느냐?

리처드 플랜태저넷 우선 늙으신 삼촌 등을 제 팔에 기대고
편히 계시면 제가 말씀드리지요 편치 않은 제 사정을.
오늘 어떤 사안에 대한 논쟁에서
몇 마디가 오갔지요 서머싯과 저 사이에,
그러던 중 그가 분별없는 혀를 놀려
절 비난하더란 말입니다 제 아버님의 죽음 건으로
치욕이 내 혀에 빗장을 물렸기 망정이지,
아니면 똑같이 제가 그자에게 보복했을 겁니다.
그러니, 착하신 삼촌, 우리 아버지를 위해,
진정한 플랜태저넷 일원의 명예로,
그리고 혈족을 위해, 말해 주세요 이유를,
왜 우리 아버지, 케임브리지 백작이, 참수되셨는지.

모티머 그 이유지, 정정당당한 조카, 나를 가두고
꽃피는 청춘 시절 내내 나를
구역질 나는 지하 감옥에 유폐시켜, 한탄하며 지내게 했던,
그 이유가 그분을 죽인 저주받은 도구였니라.

리처드 플랜태저넷 좀 더 자세히 설명해 주세요 그 이유를,
저는 알지 못하고 짐작도 할 수 없으니까요.

모티머 그러마, 사그라드는 내 숨이 허락하고
죽음이 내 이야기 끝나기 전 도착하지 않는다면.
헨리 4세, 금왕의 할아버지가,

폐위시켰지, 그의 사촌 리처드, 에드워드의 아들을,
그 가문의 세 번째 왕 에드워드 말이다.
그 치세에 북쪽 퍼시 가문이,
그의 찬탈을 참으로 부당하다 여겨,
시도하였다 나의 왕위 등극을.
이 호전적인 영주들을 그리하게 만든 것은
이런 이유다—젊은 왕 리처드가 그렇게 제거되고,
그의 몸에서 난 후계자가 없었는데—
내가 출생과 부모 혈통 상 그다음이었던 것,
왜냐면 내 어머니 쪽 조상은
클래런스 공작 리오넬이시다, 셋째 아들이지
에드워드 3세 왕의—반면 왕은
고온트의 존 혈통이고,
그 영웅 가문의 넷째에 불과했거든.
하지만 요는, 이 고결하고 위대한 노력으로
그들이 정당한 후계를 세우려 진력하던 중,
나는 잃었구나 내 자유를, 그리고 그들은 목숨을.
이 일이 있고나서 오랜 후, 헨리 5세가,
그의 아버지 볼링브루크의 뒤를 이어, 지배할 적에,
네 아버지, 당시 케임브리지 백작, 혈통을
그 유명한 에드먼드 랭리, 요크 공작한테서 받은 그가,
내 여동생 즉 네 어머니와 결혼하면서,
다시, 내 극심한 고통을 불쌍히 여겨,
군대를 소집했다, 나를 구해 내어
옥좌에 앉히려고 말이다,

그러나, 다른 이들과 마찬가지로, 패했지 그 고결한 백작이,
그리고 참수되었다. 그렇게 모티머 가문은,
왕위 계승권이 있었으나, 진압되고 말았다.

리처드 플랜타저넷 그중, 삼촌, 삼촌 칭호가 마지막이고요.

모티머 그렇지, 그리고 보다시피 내겐 자식이 없고,
까무라치는 내 말들은 정말 죽음을 단언하누나.
네가 나의 후계자다. 나머지는 네가 알겠지—
하지만 경계하고 조심 또 조심하거라.

리처드 플랜타저넷 삼촌의 엄중한 가르침 깊이 새기지요.
그렇지만 내 생각에 제 아버님의 처형은
유혈의 폭정에 불과합니다.

모티머 조용, 조카, 신중해야지.
랭커스터 가문은 확고히 섰고,
산처럼, 제거할 수가 없어.
하지만 이제 네 삼촌은 여기를 떠난다,
군주들이 궁정을 떠나듯, 너무 오래
한군데 머물다 싫증이 나면 말이다.

리처드 플랜타저넷 오, 삼촌, 내 젊은 나이의 일부가
삼촌의 지난 세월을 되찾아 줄 수만 있다면.

모티머 그러면 네가 날 학대하는 게 되지, 도살자가
한 번이면 끝낼 것을 여러 번 자상을 입히는 셈이니.
울지 마라, 내 안식을 위한 슬픔이면 모를까.
다만 내 장례 절차를 준비시켜 다오.
그러니 이제 안녕, 그리고 네 모든 희망이 정당하기를,
그리고 네 삶이 평화시나 전시 모두 번창하기를.

그가 죽는다.

리처드 플랜타저넷 그리고 평화가, 전쟁 아니라, 떠나시는 삼촌 영혼을 맞기를.

감옥에서 삼촌께서는 순례를 치르셨고,
은둔자처럼 나날을 보내셨으니.
그래, 삼촌의 말씀 내 가슴에 잠가 둘 테다,
그리고 나의 진짜 상상은, 그냥 둬야지.
간수들, 이분을 모셔가 주게, 내가 직접
그의 장례를 돌보리라 징역 삶보다는 화려하게.
(모티머의 시신을 들고 간수들 퇴장)
여기서 죽는구나 모티머의 어스레한 횃불이,
신분 낮은 자들의 야심에 질식당하여.
그리고 이 모욕, 그 쓰라린 명예훼손,
서머싯이 우리 가문에 퍼부은 그것에는,
내가 주저 없이 명예로써 되갚아 줄 것.
그러므로 난 서둘러 의회로 가야겠지,
내 혈통의 권리를 되찾든지,
내가 겪은 모욕을 내게 유리하게 만들든지 둘 중 하나로.

퇴장

제3막

내 나이 어리나 알 수 있소
내정의 불화는 독충이라오
왕국의 내장을 갉아먹는.

3막 1장

런던, 국회의사당

화려한 취주. 어린 헨리 왕, 엑스터 및 글로스터 공작, 윈체스터 주교, 붉은 장미를 단 서머싯 공작 및 서포크 백작, 백장미를 단 워릭 백작과 리처드 플랜타저넷, 기소장을 쳐든 글로스터 관원들 등장. 윈체스터가 그것을 잡아채어 찢어 버린다.

윈체스터 미리 짜 맞춘 글월을 갖고 왔단 말이오?
　곰곰 생각해서 꾸며 낸 성문 팸플릿을 들고?
　글로스터의 험프리, 당신이 고소할 수 있다면,
　혹은 무엇이든 내 책임으로 돌리고자 한다면,
　사전 계획 없이 하시오, 즉석에서,
　나도 즉석에서 즉흥적인 말로
　당신의 비난에 답해 줄 모양이니까.
글로스터 무엄한 사제, 이 자리기에 내 참지,
　아니면 나를 모욕한 죄를 단단히 물었을 터.
　생각 마라, 비록 성문 문서로 내가
　너의 사악하고 난폭한 죄악 논하는 쪽을 택하였으나,
　그러므로 꾸며 낸 것이라고는, 또한 얼마든지 할 수 있나니
　구두로 내 붓의 써 내려간 논지를 읊는 것쯤.
　아니지, 고위 성직자, 너의 시건방진 사악함과,

네 비천한, 치명적인, 그리고 당파를 일삼는 수작은,
아기들조차 혀짤배기소리로 네 오만을 말할 정도이니라.
너는 참으로 유해한 고리대금업자,
천성이 편벽된, 평화의 적이다,
음탕하고, 제멋대로고, 정말 꼴불견이로다
너 정도 직책과 신분을 지닌 사람이.
그리고 네 반역에 대해서는, 더 명백한 것이 어딨는가?—
네가 덫을 놓아 내 목숨을 노렸는데,
런던 다리와 런던탑 모두에서 말이다.
게다가, 우려되는바, 네 생각을 체질해 본다면,
네 주군이신 왕께서도 아주 무사치는 못하실 터,
네 팽창한 가슴의 시기 어린 악의로부터.

윈체스터 글로스터, 내 네게 반박하겠다—대신들, 부디
들어 주시오 내가 할 답변을.
내가 탐욕스럽고, 야욕이 있거나, 법을 어겼다면,
그가 날 그렇다지만, 어떻게 내가 이리 가난할 수 있나요?
혹은 어찌된 일로 내가 진급이나
신분 상승을 꾀하지 않고, 평상시 소임을 계속하나요?
그리고 파당을 일삼는다는데, 누가 선호한답니까 평화를
나보다 더?—누가 시비를 건다면 모를까.
아니죠, 훌륭하신 우리 대신들, 그게 불쾌한 게 아니죠,
그래서 공작이 발끈한 게 아닙니다.
그건 공작 말고 아무도 통치해서는 안 되기 때문이죠,
그 말고는 아무도 국왕 주변에 있으면 안 되기 때문이죠—
그리고 그 점이 그의 머리에 천둥을 일으키고

이런 비난을 울부짖게 만드는 겁니다.
하지만 그는 알아야 해요 나도 못지않은—
글로스터 못지않아?—
이런 내 할아버지의 서자 주제에.
윈체스터 아암, 높으신 양반. 왜냐면 당신은 뭐요, 물읍시다,
남의 왕좌 차지하고 다스리는 자밖에 더 되나?
글로스터 내가 호국경 아닌가, 시건방진 사제?
윈체스터 그럼 나는 교회 고위 성직자 아닌가?
글로스터 맞지—범죄자로 성안에 살면서
그걸 장물 보관에 쓰지.
윈체스터 신성모독 마시오 글로스터.
글로스터 네가 신성이면
네 성직이 그렇지, 네 목숨은 아닐 것이다.
윈체스터 로마가 가만있지 않을 것이오.
글로스터 그렇담 로마로 꺼지던지.
워릭 (윈체스터에게) 주교, 참는 것이 당신 책무잖소.
서머싯 그렇지요, 억눌리지만 않는다면.
내 생각에는 영주께서 신앙심을 지니고
주교의 책무를 알아 두셔야 할 것 같은데요.
워릭 내 생각에는 주교께서 더 겸손하셔야겠소.
적절치 않아요 주교가 이렇게 입씨름을 벌이는 것은.
서머싯 적절해요, 성직자 직위가 이리 위태로워질 때는.
워릭 성직이든 세속직이든, 무슨 상관이오?
이분은 왕의 호국경 저하 아니십니까?
리처드 플랜타저넷 (방백) 플랜타저넷은, 입을 다물 밖에,

아니면 이럴 거 아닌가, '할 말은, 자네, 자네 차례 때 하게
자네 당돌한 생각을 영주들과 섞겠다는 겐가?'
아니면 윈체스터를 메다꽂아 버리겠구만.

헨리 왕 글로스터 삼촌과 윈체스터 삼촌,
우리 잉글랜드 왕국의 특별한 파수꾼이신 두 분,
내 기어이 납득시키고 싶소, 기도로 그럴 수 있다면,
두 분의 마음을 사랑과 우애로 합하시라고.
오 이것이 무슨 추문이오 짐의 왕관에
이리도 고결한 귀족 두 분이 서로 반목하다니!
내말 명심하시오, 대신분들, 내 나이 어리나 알 수 있소
내정의 불화는 독충이라오
왕국의 내장을 갉아먹는.

안에서 시끄러운 소리

하인들 〔안에서〕 황갈색 외투 타도하자!

헨리 왕 이게 웬 소란이오?

워릭 이 소동은, 보나마나,
주교 부하들이 촉발했을 거요.

안에서 다시 시끄러운 소리

하인들 〔안에서〕 돌멩이, 돌멩이!

런던 시장 등장

런던 시장 오 훌륭한 대신님들, 그리고 덕망 높으신 헨리,
불쌍히 여기소서 런던 시를, 불쌍히 여기소서 우리를!

주교와 글로스터 공작의 부하들이,
최근 일체의 무기 휴대를 금지시켰던 바,
주머니에 자갈을 가득 채우고,
이편저편으로 패를 가르고는,
머리통에다 팔매질을 어찌나 빨리 해대는지
숱한 사람 해골이 어찔어찔 깨졌습니다.
거리마다 유리창이 남아난 데가 없고,
우린 겁이 나서 상점을 닫을 밖에 없었구요.

승강이하며, 머리가 피범벅인 채, 황갈색 외투의 윈체스터 하인들과 푸른 외투의 글로스터 하인들 등장

헨리 왕 짐이 너희에게 명하노니, 짐에게 충성한다면,
너희는 학살의 손을 멈추고 조용히 하라.
〔승강이가 멈춘다〕
제발, 글로스터 삼촌, 이 싸움 좀 말려 주세요.
첫 번째 하인 아뇨, 돌멩이가 안 된다면 우린 이빨로 물어뜯을랍니다.
두 번째 하인 어디 해보자, 우리도 마찬가지니까.

다시 승강이

글로스터 내 집안의 하인들은, 그만두라 이 어리석은 다툼을,
걷어치우란 말이다 이 난투극을.
세 번째 하인 나리, 우리는 압니다 저하께서
정의롭고 올곧은 분이시고, 왕실 종친으로서,
폐하를 뺀 어느 누구보다 더 높으시다는 것을요,

그리고 이런 군주께서, 이토록 착하신 왕국의 아버지께서
삼류작가한테 봉욕당하시는 걸 차마 눈뜨고 보느니,
우리와 우리 마누라와 아이들이 모두 싸우다가
나리의 적들한테 도륙당하겠다는 것입니다.

첫 번째 하인 맞습니다, 죽어서는 우리 손톱 짝이라도
쇠말뚝 대신 박아 막을 것이고요.

그들이 다시 승강이를 시작한다.

글로스터 멈추라, 내가 멈추라고 하지 않느냐!
너희들이 너희 말대로 나를 사랑한다면,
내 말을 듣고 잠시 삼가거라.

헨리 왕 오 이 불화는 정말 내 영혼을 고문하는구나!
당신, 나의 윈체스터 경께서는, 나의 한숨과
눈물을 보고도, 한번 뉘우칠 수 없단 말이오?
누가 자비롭겠소 경께서 그렇지 않다면?
혹은 누가 평화를 강구하는 법을 배우겠소,
교회 성직자가 즐겨 싸움을 일삼는다면?

워릭 한 발 양보하세요, 호국경. 한 발 물러나시오, 윈체스터—
두 분께서 고집스런 거절로
두 분의 군주를 죽이고 왕국을 파괴하려는 것이 아니라면.
눈에 보이지 않소 어떤 위해가—그리고 어떤 살인이, 또한—
두 분의 적대로 인하여 저질러졌는지.
그러니 진정하시오, 두 분이 피에 굶주린 것이 아닌 한.

윈체스터 그가 숙여야지, 아니면 난 결코 물러나지 않겠소.

글로스터 국왕이 안되셨으니 내가 몸을 굽힐 밖에 없구려,

아니면 내 저자의 심장을 꺼내고 말 것이오 사제 따위가
날 누르게 두느니.

워릭 보시오, 윈체스터 경, 공작께서는
찌무룩한 불만과 분노를 거두셨소
그의 펴진 이마가 보여 주듯,
왜 당신은 여전히 그토록 엄하고 비극적인 표정이시오?

글로스터 자, 윈체스터, 내가 네게 내 손을 내미마.

헨리 왕 (윈체스터에게) 보기 싫어요, 보포트 삼촌! 제가 삼촌의 설교를 들은 바로는
악의야말로 크고 무거운 죄라 하셨어요.
그런데 삼촌은 스스로 가르친 것을 따르지 않고
오히려 바로 그 죄를 지으시려는 건가요?

워릭 고우신 국왕이시로다! 주교는 착한 꾸지람을 들으셨소.
망측하오, 우리 윈체스터 경, 뉘우치시오.
아니, 어린이가 당신 행동거지를 가르쳐야겠소?

윈체스터 좋소, 글로스터 공작, 내 당신한테 드리리다
당신 사랑에 대해 사랑을, 그리고 손에 대해 손을 내밀겠소.

글로스터 (방백) 그래야지, 하지만 필시 마음은 없겠지.
(다른 이들에게) 자 보시오, 내 친구와 사랑하는 동포들,
이 징표가 휴전의 깃발 격이오
우리 자신과 우리의 모든 추종자들 사이의.
그러니 하나님 저를 도우소서, 저는 꾸미지 않습니다.

윈체스터 그러니 하나님 저를 도우소서 (방백) 저는 그리하자는 게 아닙니다.

헨리 왕 오 사랑하는 삼촌, 친절하신 글로스터 공작,

얼마나 기쁜지 몰라요 저는 이 약속으로!

(하인들에게) 물러가라, 싸움꾼들, 짐을 더 이상 성가시게 말고,

너희 주인들이 했듯, 사이좋게 어울리거라.

첫 번째 하인 알았습니다. 저는 의사한테 갈랍니다.

두 번째 하인 저도 그리할랍니다.

세 번째 하인 전 여인숙에 무슨 약이 있나 볼랍니다.

시장과 하인들 퇴장

워릭 이 목록을 받아 주십시오, 참으로 은혜로우신 주군,

이것은 리처드 플랜타저넷의 권리로

우리가 폐하께 보여 드리는 것이옵니다.

글로스터 좋은 제안이시오, 우리 워릭 경—왜냐면, 상냥한 군주,

폐하께서 모든 정황을 살피신다면,

마땅히 리처드의 권리를 돌려주셔야 합니다,

그 특별한 연유는

엘섬 저택에서 제가 폐하께 말씀드린 바 있구요.

헨리 왕 그 이유는, 삼촌, 타당했지요—

그러므로, 친애하는 경들, 짐의 생각은

리처드의 혈통을 복원시켜 주고 싶소.

워릭 리처드의 혈통을 복원시켜 주소서.

그러면 그의 부친이 받은 박해가 상쇄되리이다.

윈체스터 나머지 분들이 원하시니, 윈체스터도 찬성이오.

헨리 왕 리처드가 충성을 바친다면, 그것뿐 아니라

요크 가문에 속하는

유산도 모두 내리겠소,

그대가 그 가계 혈통이니.

리처드 플랜태저넷 폐하의 비천한 하인이 맹세하나이다 복종과

겸손한 복무를 죽음의 그 순간까지.

헨리 왕 그렇다면 몸을 굽히고, 그대 무릎을 내 발에 대오.

〔리처드가 무릎을 꿇는다〕

그리고 충성 서약에 대한 보답으로

그대에게 용감한 요크의 칼을 채워 주노라.

일어서시오, 리처드, 진정한 플랜태저넷처럼,

그리고 군주다운 요크 공 서작자로 서시오.

요크 공작 리처드 〔몸을 일으키며〕 그리고 리처드가 흥하게 하소서,

폐하의 적들이 망하는 만큼.

그리고 제 충성이 솟는 만큼, 멸망케 하소서

폐하께 조금이라도 원한을 품은 자들이.

리처드와 서머싯을 뺀 모두 환영이오, 드높은 군주, 강력한 요크 공작!

서머싯 〔방백〕 망해라, 비천한 군주, 저열한 요크 공작!

글로스터 이제 바야흐로 폐하께서

바다 건너 프랑스에서 왕위에 오르실 때이옵니다.

국왕의 있음은 사랑을 낳지요

왕의 신민과 충성스런 친구들 사이에,

왕의 적들을 의기소침케 하면서 말입니다.

헨리 왕 글로스터가 그리 말하면, 헨리 왕은 가지요,

우정 어린 자문은 숱한 적들을 잘라 내니까요.

글로스터 폐하의 배가 이미 채비를 갖추었습니다.

퇴장 나팔. 모두 퇴장. 엑스터는 남는다.

엑스터 그럼, 행군이야 할 수 있지 잉글랜드든 프랑스든,
그다음 일을 보지 못하니.
근래 귀족들 사이 자라난 불화는
타고 있다 가장된 사랑의 꾸며 낸 재 밑에서
그리고 마침내 폭발하겠지 화염으로.
짓무른 사지가 오로지 차츰차츰 썩어
뼈와 살과 근육이 떨어져나가는 사태에 이르듯,
이것 또한 길러 내리라 비열하고 시기심 많은 불화를.
그리고 지금 나는 두렵다 그 치명적인 예언,
5세라 불리운 헨리 시내에,
젖 빠는 아이들 입에까지 온통 회자되었던 그것,
'몬마우스 출생 헨리는 모든 것을 얻고,
윈저 출생 헨리는 모든 것을 잃으리라'는 예언이—
그것이 어찌나 명백한지 엑스터가 원할 정도지
자신의 날이 끝나기를, 그 불행한 시간이 오기 전에.

퇴장

3막 2장

프랑스, 루앙 안과 주변

성처녀 잔, 변장한 모습으로, 등에 부대를 진 프랑스 병사 네 명과 함께 등장

잔 여기가 도시 대문, 루앙의 대문이오,
이 문을 통해 우리의 속임수가 틈새를 열어야 하는데.
주의를 요하오. 말할 때 단어 배치에 신경 쓰시오.
그냥 평범한 장터 사람처럼 말해요
곡식 팔아 돈 마련하려고 온.
우리가 들어가서, 난 그러리라고 보는데,
게으른 보초의 빈틈을 보자마자,
내가 신호를 보내 아군한테 알리겠소,
샤를 도핀께서 저들과 대적할 수 있도록 말이오.

한 병사 우리 등에 진 부대가 도시 약탈 부대고,
우리가 루앙의 주인 되어 지배하는 부대란 말씀.
그러니 우리는 문을 두들길 밖에.

그들이 문을 두들긴다.

파수꾼 〔안에서〕 누구요?

잔 농사꾼이오, 불쌍한 프랑스 백성입니다.

불쌍한 장터 백성이 곡식을 팔러 왔어요.

파수꾼 〔문을 열며〕 들어가시오, 어서. 장터 종이 울렸소.

잔 〔방백〕 이제, 루앙, 내가 네 방벽을 무너뜨릴 것이다.

모두 퇴장

3막 3장

장면 계속

샤를 도핀, 오를레앙의 서자, 알랑송 공작, 앙주 공작 르네, 그리고 프랑스 병사들 등장

샤를 드니 성인께서 축복하소서 이 다행스런 계략을,
그러면 우리 다시 한 번 루앙에서 마음 놓고 잠들 것입니다.

서자 이리로 성처녀와 그 공모자들이 들어갔소.
이제 그녀는 저 안에 있는데, 어떻게 일러주겠다는 걸까요
'여기가 최선의 가장 안전한 통로'라고?

르네 횃불 하나를 저쪽 탑에서 내미는 식으로—
그렇게 되면, 그녀의 뜻은 이렇소,
'그녀가 들어간 쪽이 가장 경계가 취약하다.'

위에서 성처녀 잔 등장, 불타는 횃불을 내밀며.

잔 보라, 이것이 행복한 결혼식 횃불이다
루앙을 그녀의 동포와 맺어 주는,
하지만 탈봇 추종자들한테는 그 불길이 치명적인.

서자 보세요, 고결한 샤를, 아군의 봉화입니다.
불타는 횃불이 저쪽 작은 탑 위에 섰어요.

샤를 이제 그것이 복수의 살별처럼 빛나기를,

온갖 적들의 추락을 예언하는 자처럼!

르네 지체 마십시오, 늦추면 결과가 위험합니다.
들어가서 외치십시오, '도핀!'이라고, 당장요,
그런 다음 파수꾼들을 죽이는 겁니다.

전투 경보. 모두 퇴장

3막 4장

장면 계속

전투 경보. 소규모 전투를 벌이며 탈봇 영주 등장

탈봇 프랑스여, 너는 이 반역을 너의 눈물로 후회하게 되리라,
탈봇이 너의 배반을 살아남는다면.
처녀, 그 마녀, 그 저주받은 여자 마법사가
이 지옥 같은 재난을 느닷없이 초래했구나,
우리가 가까스로 프랑스 군주의 위력을 피했을 정도의.

퇴장

3막 5장

장면 계속

전투 경보. 병든 몸으로 의자에 실려 나온 베드포드 공작. 탈봇 영주와 부르고뉴 공작 등장. 성벽 위로 성처녀 잔, 샤를 도핀, 오를레앙의 서자, 알랑송 공작, 그리고 앙주 공작 르네 등장

잔 안녕하시오, 용사들. 빵 만들 밀가루가 필요하시오?
　　부르고뉴 공작께서는 굶고 말겠죠
　　이렇게 비싼 값에 다시 사느니.
　　잡초투성이였잖아요. 맛이 괜찮던가요?
부르고뉴 계속 놀리려무나, 사악한 적이자 음란한 궁정창녀.
　　오래잖아 내 반드시 네년 빵으로 질식시키고,
　　네가 그 밀 수확을 저주하게 만들어 줄 테니.
샤를 당신 폐하께서는 굶어 돌아가시겠소, 아마도, 그 전에.
베드포드 오 말은 집어치우고, 행동으로, 이 반역을 응징할 일.
잔 어쩌시려구요, 노인 양반? 창을 꺾고
　　의자 속에서 죽음과 마상 창시합이라도 하시려우?
탈봇 더러운 프랑스의 적, 그리고 참으로 경멸스러운 마녀야,
　　네 음탕한 정부 들한테 둘러싸여,
　　가당키나 하더냐 네가 그의 용감한 나이를 조롱하고
　　반쯤 죽은 이를 비겁하게 야유하는 것이?

처녀, 내 너하고 한 번 더 해볼란다,
아니면 이 치욕으로 죽고 말든지.

잔 그렇게 열이 오르셨는가, 그대?—하지만, 내가 참아야지.
탈봇이 천둥소리만 내도, 비가 내릴 거 아닌가.

〔잉글랜드인들이 함께 속삭이며 뭔가 의논한다〕

의회 놀음은 빨리 끝내고 누가 대변인이시지?

탈봇 그러지 말고 나와 들판에서 우리하고 한판 붙지 않겠냐?

잔 그러면 귀하께서 우리를 바보 취급할 것 같군,
우리 자신의 것이 우리 건가 아닌가 보자는 얘기가 되는데.

탈봇 난 저 욕쟁이 헤카테 할멈과 얘기하자는 게 아니고
당신, 알랑송, 그리고 나머지한테 하는 얘기다.
당신들, 군인답게, 나와서 끝까지 싸워 보지 않겠나?

알랑송 선생, 싫소.

탈봇 선생, 목이나 매라! 비열한 프랑스 노새 몰이꾼 같으니.
농투성이 사환애들처럼 저놈들은 벽에서 알짱댈 뿐,
감히 신사답게 무기를 들지는 못해요.

잔 갑시다, 지휘관들, 벽에서 떨어져요,
탈봇 얼굴을 보니 무슨 일 내시겠네.
잘 있으시오, 양반 나리. 우린 그냥 알려 주려고 왔소
우리가 여기 있다고.

프랑스인들 성벽 위에서 퇴장

탈봇 그리고 거기 우리도 있을 것이다, 또한, 머지않아,
아니면 비난이 탈봇의 최대 명예라도 좋아.
맹세하시오 부르고뉴, 귀하 가문의 명예를 걸고,

프랑스에서 계속되는 공공의 위해를 두고 볼 수 없으니,
도시를 되찾거나 죽거나 둘 중 하나라고.
그러면 나도—잉글랜드인 헨리가 살아 있는 것처럼
그리고 그의 아버지가 이곳을 정복한 것처럼 확실하게
최근 배반한 이 도시에
위대한 사자심장왕의 심장이 묻혀 있는 것처럼 확실하게—
그리 확실하게 내 맹세하겠소 도시를 얻거나 죽겠다고.

부르고뉴 내 맹세는 당신의 맹세와 한 몸인 배우자요.

탈봇 하지만 가기 전, 살펴 드려야지요 죽어 가는 이 왕자분,
용감하신 베드포드 공작을. (베드포드에게) 갑시다, 공작님,
좀 더 나은 장소로 모시겠소,
병마와 노쇠를 다스릴 좀 더 적당한 곳으로.

베드포드 탈봇 영주, 그렇게 나를 모욕하지 마시오.
여기 루앙의 성벽 앞에 나는 앉아 있겠소,
그리고 두 분의 행복 혹은 슬픔을 함께하리다.

부르고뉴 용감한 베드포드, 지금은 우리 말을 들으셔야죠.

베드포드 여길 떠나라는 말은 안 듣겠소. 언젠가 읽은 적 있지
강건한 펜드래곤이, 병들어 들것에 누워 있었으나,
전장에 도착하여 적들을 완파했다는 얘기를.
내 생각에 내 할 일은 병사들 심장을 되살리는 것,
볼 때마다 그들은 내 자신 같았으니까.

탈봇 죽어 가는 가슴 속에 굴하지 않는 정신이로다!
그리하시지요 하늘은 노 베드포드를 안전히 지켜 주소서.
그리고 이제 더 이상 고심 말고, 용감한 부르고뉴,
우리는 즉시 우리 병력을 모아,

공격합시다 우리의 허풍떠는 적들을.

부르고뉴와 함께 퇴장

전투 경보. 사소한 전투. 존 파스톨프 경과 지휘관 등장

지휘관 어디로 가시오, 존 파스톨프 경, 이리 허둥대며?

파스톨프 어디로 가냐? 도망쳐서 내 목숨을 구해야지.

우리가 또다시 패배를 떠안을 모양인데.

지휘관 뭐요, 달아나, 탈봇 영주를 버리고?

파스톨프 그래, 이 세상 온갖 탈봇을 버리고, 내 목숨 구하러. (퇴장)

지휘관 비겁한 기사놈, 급살 맞아 뒈져라! (퇴장)

퇴각. 사소한 전투. 성처녀 잔, 알랑송, 그리고 샤를이 도망친다.

베드포드 이제, 평온한 영혼이여, 하늘의 뜻에 맡기자꾸나,

우리의 적이 거꾸러지는 걸 내가 보았느니.

어리석은 인간한테 신의나 힘이란 게 대체 무엇인가?

방금 전만 해도 기고만장 조롱을 퍼부어 대던 자들이

목숨이 아까워 기꺼이 또 악착같이 도망치는구나.

베드포드가 죽고, 의자에 앉은 채 두 사람에 의해 실려 나간다.

3막 6장

장면 계속

전투 경보. 영주 탈봇, 부르고뉴 공작, 그리고 나머지 잉글랜드 병사들 등장

탈봇 잃었다가 하루 만에 되찾다니!
이건 두 겹의 명예요, 부르고뉴.
하지만 하늘이 이 승리의 영광을 지니소서!

부르고뉴 호전적이고 군인다우신 탈봇, 부르고뉴는
당신을 마음의 사원에 모시고, 그곳에 세웁니다
당신의 고결한 무공을 용기의 기념비로.

탈봇 고맙소, 고결하신 공작. 근데 처녀는 어디 갔죠?
그녀의 오랜 악마 시종이 잠을 자는가 보네요.
어디 간 거죠 서자의 허풍, 그리고 샤를의 익살은?
아니, 모두 기가 꺾였다? 루앙은 슬퍼서 목을 늘어트렸소
이런 용감한 부류들이 달아났다고.
이제 도시 질서를 좀 세워야겠네요,
유능한 관원을 몇 명 배치하고요,
그런 다음 우리 떠납시다 파리로, 국왕께로,
어린 헨리께서 귀족들과 함께 계시니까.

부르고뉴 탈봇 영주가 하자는 것은 부르고뉴에게 기쁨입니다.

탈봇 그렇지만, 가기 전에, 잊어서는 안 되겠죠,
방금 돌아가신 고결한 베드포드 공작을,
루앙에서 그의 장례 의식을 다 보고 갑시다.
그보다 더 용감한 병사가 창을 겨눈 적 결코 없었소
그보다 더 친절한 마음이 궁정을 장악한 적 결코 없었소.
하지만 왕들과 아주 강력한 실권자들도 죽을 밖에 없는 것,
그것이 인간 비참의 끝이니까요.

모두 퇴장

3막 7장

루앙 근처 평원

사를 도핀, 오를레앙의 서자, 알랑송 공작, 성처녀 잔과 프랑스 병사들 등장

잔 낙담할 것 없소, 군주분들, 오늘 사건에,
루앙을 그렇게 다시 빼앗겼다고 슬퍼할 것도 없고.
슬픔은 치유가 아니오, 오히려 다소 파괴적이지,
치료될 수 없는 것들에 대해서는.
당분간 미치광이 탈봇이 승리에 취해
공작처럼 그 꼬리로 쓸고 다니게 두지요
우리는 그의 꼬리털을 뽑고, 없애 버릴 겁니다 그의 군사를,
도핀과 나머지 분들이 내 말을 따라주기만 한다면.

샤를 짐은 이제까지 그대의 인도를 받았고,
그대의 능력에 대해 추호의 의심도 없었다.
갑작스레 한 번 패했다고 불신할 리는 없을 터.

서자 (잔에게) 머리를 짜내어 비밀 작전을 마련해 주시오,
그러면 우리가 그대 이름이 전 세계에 떨치게끔 하겠소.

알랑송 (잔에게) 그대의 상을 어느 성소에 세우고
그대를 축복받은 성녀처럼 떠받들겠소.
그러니 힘써 주시오, 부드러운 처녀, 우리에게 좋은 쪽으로.

잔 그렇다면 이렇게 해야 하오, 이것이 잔의 계책이오.
훌륭한 설득력에 사탕발림을 섞어
꼬드깁시다 부르고뉴 공작을
탈봇을 버리고 우리를 따르라고.
샤를 그래, 그거야, 자기, 우리가 그럴 수만 있으면
프랑스에 헨리의 전사들은 발을 들여놓을 수가 없지,
그 나라가 우리한테 그러겠노라 허풍 떨다가는,
우리 영토에서 아예 뿌리가 뽑혀 버릴 거구.
알랑송 영원히 그들을 프랑스에서 추방하고
이곳에 백작령 하나도 두어서는 안 되는 거죠.
잔 여러 귀족분들께 말씀드리겠소 내가 어떻게
이 문제를 우리가 바라는 결과로 이끌어 갈 것인지.
(먼데서 북소리)
들어 봐요, 북소리로 보아 아실 것이오
그들 병력이 파리를 향해 행군 중이라는 것을.
(잉글랜드군 행군 소리)
저기 탈봇이 가오, 군기를 펄럭이며,
그리고 잉글랜드 군 전체가 그 뒤를 따르고 있소.
(프랑스군 행군 소리)
이제 후방에 공작과 그의 군대가 가오
운명의 여신이 우리에게 주는 은총으로 그가 뒤처졌소.
협상 요청 나팔을 부시오. 그와 얘기를 나눕시다.

협상 요청 나팔 소리

샤를 (외친다) 부르고뉴 공작과 협상 요청이오.

부르고뉴 공작 등장

부르고뉴 누가 부르고뉴와 협상코자 하는가?

잔 프랑스의 세자 샤를, 당신의 동포요.

부르고뉴 하실 말씀이 뭐요, 샤를?—내가 행군해 가는 중이라서.

샤를 말하오, 성처녀, 그리고 그대의 말로 그에게 마법을 거시오.

잔 용감한 부르고뉴, 확실한 프랑스의 희망이여,
멈추시오. 그대의 비천한 하녀가 그대와 말을 나누고 싶소.

부르고뉴 말해 보시게, 너무 지리하게는 말고.

잔 이 나라를 보오, 비옥한 프랑스를 보오,
그리고 보시오 도시와 읍들, 마멸되었소
잔악한 적들의 황폐화하는 파괴에 의해.
어머니가 그녀의 초라한 아기를 보듯
죽음이 어려서 죽는 그의 두 눈을 정말 감기는데 말이오,
보시오, 보시오 슬픔으로 야위어 가는 프랑스의 병폐를
보시오 그 상처, 너무나 부자연스런 상처들,
그대가 직접 그녀의 비통한 가슴에 새긴 것들이오.
오 돌리시오 그대의 날선 칼을 다른 쪽으로,
치시오 상처 내는 자들을, 그리고 상처 내지 마시오 도와주는 이들을,
그대 조국의 가슴에서 흐른 피 한 방울이
이국인의 유혈 시내보다 더 그대를 슬프게 해야 할 터.
돌아오시오 그대, 그러므로, 눈물의 홍수로,
그리고 씻어 내시오 그대 조국을 더럽힌 피의 얼룩을.

부르고뉴 〔방백〕 그녀가 그녀 말로 내게 마법을 걸었거나

본성이 날 갑자기 뉘우치게 하거나 둘 중 하나군.

잔 더욱이, 모든 프랑스인과 프랑스가 그대를 비난하며,
의심하고 있소 그대의 출생과 적법한 조상을.
그대가 힘을 합한 상대가 대체 누구요 오만한 국가
이득 없이는 그대를 믿지 않을 바로 그 국가 아니겠소?
탈봇이 일단 프랑스에 발을 들여놓고
그대를 해악의 도구로 삼았다면,
잉글랜드인 헨리 말고 누가 주인이 된단 말이오,
그리고 그대는 밀려날 밖에 없지 않겠소 도망자처럼?
상기해 보시오, 그리고 증거로 이 점만 유념하면 되오.
오를레앙 공작은 그대의 적 아니었소?
그리고 그는 잉글랜드에 포로로 잡혀 있지 않았소?
하지만 그가 그대의 적이라는 소리를 듣고는,
그들이 그를 방면했소, 몸값 지불도 없이,
부르고뉴와 그의 모든 친구들을 겨냥해서 말이오.
보시오, 그렇다면, 그대는 그대의 동포와 싸우고 있소,
그대를 죽이려는 자들과 힘을 합쳐서 말이오.
오시오, 오시오, 돌아오시오. 돌아오시오, 그대 방황하는 영주,
샤를과 나머지 분들이 그대를 두 팔로 껴안아 줄 것이오.

부르고뉴 〔방백〕 완패로다. 그녀의 이 고상한 말들이
나를 난타했구나 포효하는 발포처럼
날 거의 무릎 꿇고 항복하게 만들었고.
〔다른 이들에게〕 용서해 주오, 조국이여, 그리고 착한 동포들이여

그리고 영주분들, 받아 주시오 이 진심 어린 따스한 포옹을.
나의 병사와 그 밖의 인력 모두 당신들 것이오.
자 안녕, 탈봇. 내 더 이상 너를 믿지 않으리.

잔 프랑스인다우셨소—(방백) 등 돌리고 또 돌리는군.

샤를 환영하오, 용감하신 공작. 당신의 우정이 우리를 생기 있게 하는구려.

서자 우리 가슴에 새로운 용기를 불러 주고 말입니다.

알랑송 성처녀께서 멋지게 역할을 해낸 결과입니다,
황금의 보관을 드릴 만하고요.

샤를 이제 계속 가십시다, 영주님들, 그리고 우리 병력에 합류,
어떻게 적에게 타격을 입힐지 궁리해 봅시다.

모두 퇴장

3막 8장

궁정, 파리

화려한 취주. 헨리 왕, 글로스터 공작, 윈체스터 주교, 엑스터 공작, 백장미 달고 요크 공작 리처드, 워릭 백작, 그리고 버논이, 붉은 장미 달고 서포크 백작, 서머싯 공작과 바셋이 등장. 그들에게, 자신의 병사를 데리고, 탈봇 영주 등장

탈봇 자애로우신 군주님과 명예로우신 귀족분들,
여러분께서 이 왕국에 도착하셨다는 소식을 들은 바
제가 잠시 전투를 중지하고
저의 주군께 경의를 표하나이다.
그 증표로서, 이 팔, 폐하의 속령으로
다시 만든 것이 요새 50군데,
도시 12군데, 그리고 성벽 있는 유력 읍 일곱 군데,
그리고 포로로 사로잡은 귀족이 5백에 이르는 이 팔이
그의 칼을 폐하 발아래 바치고,
돌리나이다 그가 얻은 정복지의 영광을
우선 저의 하나님께, 그리고 폐하께.

그가 무릎을 꿇는다.

헨리 왕 이분이 탈봇 영주시요, 글로스터 삼촌,

그토록 오래 프랑스에 거주했다는?

글로스터 그렇습니다, 하문하신다면, 주군.

헨리 왕 (탈봇에게) 반갑소, 용감한 지휘관이자 전승의 영주.

내가 어렸을 때—지금도 나이를 먹은 건 아니지만—

나는 정말 기억하오 내 아버지께서

더 강건한 칼잡이 전사는 결코 없었노라 말씀하시던 것을.

그 후 오랫동안 짐은 확신했소 그대의 충성심과,

그대의 충실한 복무와 그대의 전공을,

하지만 한 번도 그대가 짐의 보답을 맛보지 못했구려,

아니면 보답받은 게 감사의 말 정도거나,

이제껏 짐이 그대 얼굴을 한 번도 보지 못한 까닭이오.

그러므로 일어서시오.

(탈봇이 일어선다)

그리고 이 훌륭한 자격에 걸맞게

짐은 그대를 슈루즈버리 백작에 봉하겠소

그러니 짐의 대관식에 참석토록 하시오.

퇴장 나팔. 모두 퇴장. 버논과 바셋은 남는다.

버논 이보게, 자네가 바다에서 너무 열을 받더니

모욕했단 말이지 이 휘장, 내가 우리 고결하신

요크 영주님에 대한 경의로 달고 다니는 휘장을,

네놈이 감히 그때 한 말을 다시 내뱉겠느냐?

바셋 그러고 말고, 네놈이 변호하겠다는 데야

그 시건방진 네놈 혓바닥이

우리 나리 서머싯 공작을 규탄하는 짓거리를 말이지.

버논　이자야, 네놈 주인을 난 그에 걸맞게 대우하는 거야.
바셋　왜, 그분이 어때서?—요크 못지않게 훌륭한 분이라구.
버논　들어 봐, 그렇지 않네요. 그 증거로, 이거나 먹어라.

버논이 그를 때린다.

바셋　이놈 봐라, 네놈이 무기 법을 알고 있구나
왕궁 근처에서 칼을 뽑으면 즉각 사형이다 이거지,
아니면 이 주먹질이 네놈 골통에 구멍을 뚫었겠지.
하지만 내가 폐하께 가서 소청을 올릴 것이다
네놈 한 짓을 되갚을 수 있게 윤허해 달라고,
두고 보아라 내가 네놈한테 죗값을 치르게 할 테니.
버논　그거 괜찮네, 나쁜 놈, 내 그리 가겠다 네놈 못지않게 빨리
그리고 그 후 네놈을 만나지 네놈 소원보다 더 빨리.

모두 퇴장

제4막

왕홀이 어린이 손에 들려 있는 것도 문제지만,
시샘이 기괴한 분열을 낳는 것이 더 큰 문제로다.
거기서 멸망이 오고, 거기서 혼란이 시작되나니.

4막 1장

궁정, 파리

화려한 취주. 헨리 왕, 글로스터 공작, 윈체스터 주교, 엑스터 공작, 백장미 달고 요크 공작 리처드와 워릭 백작이, 붉은 장미 달고 서포크 백작과 서머싯 공작이, 그리고 탈봇 영주와 파리 행정관 등장

글로스터 주교 경, 왕관을 그분 머리에 얹으시오.

윈체스터 하나님 보우하소서 헨리 왕, 그 이름의 여섯 번째를!

윈체스터가 왕에게 왕관을 씌어 준다.

글로스터 이제, 파리 행정관, 맹세하시오
그분 말고 다른 누구도 왕으로 인정치 않겠다고
그분의 친구 말고는 다른 어느 누구도 친구로 여기지 않고,
그분의 신변에 악의적인 음모를 꾀하는
그런 자 말고는 다른 어느 누구도 적으로 여기지 않겠다고.
이 맹세를 당신이 할 것이니, 정의의 하나님이 도울 것이오.

존 파스톨프 경이 편지를 들고 등장

파스톨프 자애로우신 주군, 칼레에서 말을 타고
서둘러 폐하 대관식을 향하던 중

편지 한 통이 제게 전달되었는데,

〔그가 편지를 내민다〕

폐하께 부르고뉴 공작이 보낸 것이옵니다.

탈봇 부끄러운 줄 알라 부르고뉴 공작 그리고 네놈,

나 맹세했노라, 비열한 기사, 내가 다음에 너를 만나면,

기사 양말대님을 네 겁쟁이 다리에서 찢어 내겠다고,

〔그가 그것을 찢어 낸다〕

내가 이러는 것은 자격도 없이

네가 그 높은 직위에 임명되었기 때문이다.—

용서하소서, 헨리 폐하와 나머지 분들.

이 겁쟁이는 파테이 전투에서

모두 합쳐 제 병력이 고작 6천이었고,

프랑스군은 거의 10배에 이르렀는데,

우리가 싸우기도 전에, 혹은 일격도 가해지기 전에,

충실한 기사 종자놈처럼 도망치고 말았습니다

그 공격에서 우리는 병사 1천 2백을 잃었죠.

제 자신과 여러 신사분들은 게다가

거기서 기습당해 포로로 잡혔구요.

그러니 판결하소서, 위대한 대신님들, 내가 잘못했는지,

혹은 이 따위 겁쟁이가 착용해야 하는 건지,

이 기사 장식을 말이오. 그래요 혹은 아니오?

글로스터 참으로, 이런 행위는 파렴치하고

쓸물견이라 하겠소 평민 누가 그랬더라도,

하물며 기사, 지휘관이자 지도자에 있어서랴.

탈봇 처음 이 훈작이 제정되었을 때, 대신님들,

대님 기사들은 고귀한 혈통으로,
용감하고 덕이 높았고, 드높은 용기로 가득 찼었소,
전쟁에서 무공을 세워 명성을 떨치게 된 분들이었죠,
죽음을 두려워 않고 고통에 위축되지도 않고,
너무나 거대한 역경 속에서도 늘 결연했습니다.
그렇다면 이 같은 품성을 갖추지 않은 자
기사라는 성스러운 이름을 찬탈한 것에 다름 아니죠,
참으로 명예로운 이 훈작을 신성모독 하는 것이고,
그러므로 필히—제가 판결을 내릴 자격이 있다면—
지위를 깎여야 합니다, 애비 없이 난 시골뜨기가
주제넘게 고결한 혈통을 자랑하는 경우와 마찬가지로.

헨리 왕 〔파스톨프에게〕 네 동포에게 얼룩인 자야, 너는 들었구나 판결을.
보따리를 싸라, 그러므로, 한때 기사였던 너.
금후 짐이 너를 추방하노니 어기면 사형이노라.

〔파스톨프 퇴장〕

그리고 이제, 우리 호국경, 편지를 보지요
우리 삼촌, 부르고뉴 공작이 보내신.

글로스터 왜 그분이 바꾸었을까 수신인 표시 양식을?
수식 없이 그냥 평범하고 무뚝뚝한 '왕에게'?
그분이 그의 주군이라는 것을 잊었단 말인가?
아니면 이 조야한 수신인 표시 양식은
호의에 모종의 변화가 생겼다는 암시?
이게 무슨 소리인가? '나는 각별한 이유로,
내 조국의 난파에 대한 연민으로

그것과 함께 가련한 탄원,
그대의 억압 착취 통치의 결과인 그것들도 있거니와,
마음이 움직여 떠났노라 그대의 파당을
그리고 샤를, 프랑스의 적법한 왕과 합류했노라.'
오 끔찍한 반역이로다! 이럴 수가 있는가?
동맹과 우애, 그리고 맹세 속에
어떻게 이런 거짓과 기만의 간지가 들어 있단 말이오?

헨리 왕 뭐라? 내 삼촌 부르고뉴가 반역을 저질렀단 말이오?

글로스터 그랬습니다, 폐하, 그리고 이제 폐하의 적입니다.

헨리 왕 그것이 편지 내용 중 최악이오?

글로스터 최악이고, 전부입니다, 폐하, 그가 쓴.

헨리 왕 옳지 그러면, 탈봇 경이 그리 가서 그와 얘기하고
이 행악을 벌주도록 하면 되겠습니다.
〔탈봇에게〕 어떠시오, 우리 경? 불만이 있으신가요?

탈봇 불만이요, 주군? 전혀 없습니다. 제게 이르셨기 망정이지,
제가 나서서 그 일을 맡겨 주십사 앙청할 사안이었습니다.

헨리 왕 그렇다면 병력을 모아 즉시 그에게로 행군하세요.
느끼게 해 주시오 짐이 그의 반역을 얼마나 불쾌해하는지,
그리고 친구를 능멸한 죄의 대가가 어떤 것인지.

탈봇 떠나겠습니다, 주군, 마음으로 늘 염원하면서,
폐하께서 적들의 혼란을 보시게 될 날을 말입니다. 〔퇴장〕

하얀 장미를 단 버논과 붉은 장미를 단 바셋 등장

버논 〔헨리 왕에게〕 제게 결투를 허락해 주소서, 자애로우신 폐하.

바셋 〔헨리 왕에게〕 저도요, 폐하. 제게도 또한 결투를.

요크 공작 리처드 〔왕에게, 버논을 가리키며〕 이 사람은 제 추종자입니다. 그의 말을 들어 주소서, 고결하신 폐하.

서머싯 〔헨리 왕에게, 바셋을 가리키며〕 이 사람은 제 추종자고요, 마음씨 고우신 헨리, 그를 총애해 주소서.

헨리 왕 가만 계시고, 영주님들, 저들에게 발언권을 줘 보지요.
말해 보라, 신사들, 왜 이리 언성을 높이는 것이냐,
그리고 어째서 결투를 그리 원하느냐, 혹은 누구와?

버논 저잡니다, 폐하, 저자가 나를 모욕했거든요.

바셋 저는 저자고요, 저자가 나를 모욕했거든요.

헨리 왕 그 모욕이란 게 무엇이냐, 둘 다 받았다고 진술하는?
우선 알려 다오, 그러고 나서 내가 두 사람한테 답해 주리라.

바셋 바다를 건너며 잉글랜드에서 프랑스로 오던 중,
여기 이 작자가 시기 어린 흠집 내기 혓바닥으로
저를 꾸짖었습니다 제가 달고 다니는 장미에 대해,
그 꽃잎의 핏빛 붉은 색깔이
정말 제 주인님의 빨개진 뺨을 나타낸다
고집불통으로 그분이 진실을 내칠 때 그렇잖더냐
요크 공작과 그분 사이 논란이 되었던
어떤 법적인 문제에 대해 발뺌할 때 말이다 운운에
다른 사악하고 굴욕적인 언사까지 섞으면서요,
그 무례한 비난을 논박하고,
제 주인의 탁월하심을 옹호하기 위하여
저는 결투권을 앙망하는 것입니다.

버논 바로 그것이 제 청원이고요, 고결하신 전하,
왜냐면 비록 그가 꾸며 낸 교묘한 말로

자신의 당돌한 내심을 빛 좋게 만들고 있으나,
요는, 고결하신 전하, 그가 저를 자극했고,
먼저 이 휘장에 이의를 제기했습니다,
이 꽃의 창백함이
제 주인님 가슴의 유약함을 드러낸다 어쩐다 떠벌였지요.

요크 공작 리처드 이 악의를, 서머싯, 접어 두지 않으시려는가?

서머싯 당신의 사적인 앙심은, 요크 경 나리, 튀어나올걸,
당신이 아무리 교묘하게 덮어 가리려 해도 말이오.

헨리 왕 착하신 경, 머리가 어떻게 되지 않고서야
어떻게 그리도 사소하고 하찮은 이유로
이런 파당적 시샘이 생겨날 수 있단 말이오?
착하신 친척 요크와 서머싯 두 분 모두,
진정하세요, 부디, 그리고 화해하세요.

요크 공작 리처드 먼저 이 불화를 결투로 검증케 하시고,
그런 다음 폐하께서 화해를 명하여 주옵소서.

서머싯 다툼에 연관된 것은 우리 둘뿐,
우리 둘 사이에서 결판을 내자 그렇다면.

요크 공작 리처드 이 장갑이 결투 담보다. 집으라, 서머싯.

버논 (헨리 왕에게) 아닙니다, 처음 시작된 대로 두소서.

바셋 (헨리 왕에게) 그리 재가하소서, 명예로우신 전하.

글로스터 그렇게 재가를 해? 다툼을 당장 그만두지 못할까,
그 시건방진 혀짤배기소리 거두고 당장 꺼지거라!
주제넘은 종자들이로다, 얼마나 낯짝이 두껍길래
이 불손하고 요란한 난입으로
괴롭히고 방해한단 말이냐 국왕과 우리를?

그리고 두 분, 영주분들, 잘못하시는 듯하오
저들의 빙퉁그러진 항의를 그냥 두고 보시다니,
하물며 그들 언사를 기화로,
두 분 사이 폭동을 부추기시다니 말이오.
내 말을 듣고 더 나은 방도를 취하시기 바라오.

엑스터 폐하를 슬프게 하는 짓이오. 두 분 영주, 친구가 되오.

헨리 왕 이리 나오라, 결투를 원하는 두 사람.
금후 내가 명한다 너희에게, 너희가 짐의 은총을 바랐으니,
완전히 잊으라 이 다툼과 그 원인을.
그리고 그대들, 두 분 영주는, 상기하시오 우리 있는 곳을—
프랑스에요, 변덕스럽고 갈팡질팡하는 나라 한가운데죠.
그들이 우리 표정에서 불화를 감지한다면,
앙심 많은 그들 기질이 발동하여
제멋대로 불복하고, 또 반란을 일으키지 않으리요!
게다가, 그런 오명이 어디 있단 말인가,
외국의 군주들이 전해 들은바
하찮은 것, 전혀 중요하지 않은 것 때문에,
헨리 왕의 세력가와 주요 귀족들이
자신들을 파괴하고 프랑스 영토를 잃었다는 내용이라면!
오, 기억하시오 내 아버지의 정복 전쟁을,
나의 유약한 나이를, 그리고 우리 버리지 맙시다
피로써 사들인 그것을 하찮은 것 때문에.
내가 이 불분명한 분쟁을 중재하리다.
나는 전혀 모르겠소, 왜 내가 이 장미를 달고 다니면,

〔그가 붉은 장미를 단다〕

누구든 나를 요크 아니라 서머싯 편으로 볼 수 있다는 건지.
둘 다 내 친척이오, 그리고 나는 두 분 모두 사랑합니다.
그런 이유라면 사람들이 내 왕관을 비난해도 말이 되겠소
스코틀랜드 왕이, 정말, 왕관을 썼으니.
그러나 두 분의 사려 깊음이 잘하시리라 믿소
내가 훈시하거나 가르칠 수 있는 것 이상으로,
그리고 그러하므로, 우리가 평화로이 이곳으로 온 것처럼
늘 평화와 사랑을 지속시킵시다.
요크 친척, 짐은 공을 임명하오
프랑스 이 지역을 다스리는 짐의 섭정으로,
그리고 훌륭하신 우리 서머싯 공께서는, 합치시오
공의 기마부대를 그의 보병과,
그리고 진정한 신민답게, 그대들 조상의 아들들답게,
유쾌히 함께 어울리고 푸시오
두 분의 성마른 불뚱이일랑은 그대의 적들한테다.
짐 자신, 우리 호국경, 그리고 나머지는,
잠시 휴식을 취한 후, 칼레로 돌아가,
거기서 잉글랜드로 갈 것이고, 그곳에서 머지않아
그대들 승리의 소식을 접할 것이라 생각하오,
샤를, 알랑송, 그리고 오합지졸 폭도들을 쳐부쉈다는.

화려한 취주. 모두 퇴장. 요크, 워릭, 그리고 엑스터는 남는다.

워릭 우리 요크 경, 내 장담컨대, 왕께서
꽤나 잘, 내 생각에는, 말씀을 해 주셨소.
요크 공작 리처드 그러셨지요, 하지만 좋지 않군요

왕께서 서머싯의 휘장을 다신 것은.

워릭 훗, 그건 그분 색깔 취향일 뿐 탓할 게 못 되지요.
내 감히 추측컨대, 전혀 악의가 아니었소.

요크 공작 리처드 확실히 알 수 있다면—하지만 넘어가지요.
당장 처리해야 할 다른 일들이 있으니.

모두 퇴장. 엑스터는 남는다.

엑스터 잘한 일이지, 리처드, 네 목소리를 낮춘 것이,
왜냐면 네 가슴의 열정이 뛰쳐나올 경우
우려컨대 거기서 드러날 밖에 없는 것은
이제껏 누구도 상상하거나 가정하지 못했던 수준의
더 원한에 찬 앙심, 발끈하여 길길이 뛰는 분노일 터.
하지만 소용없지, 아무리 어리석은 자라도 두 눈으로
이 삐걱대는 귀족들의 불화를,
궁정에서 서로를 어깨로 밀쳐 대는 꼴을,
추종자들이 일삼는 이 파당 싸움질을 본다면,
그것이 정말 불행한 결과의 전조임을 알리라.
왕홀이 어린이 손에 들려 있는 것도 문제지만,
시샘이 기괴한 분열을 낳는 것이 더 큰 문제로다.
거기서 멸망이 오고, 거기서 혼란이 시작되나니.

퇴장

4막 2장

보르도 앞

탈봇 영주가 나팔수 및 고수, 그리고 병사들과 함께 등장

탈봇 보르도 성문으로 가라, 나팔수.
부르라 그들의 장군을 성벽으로.
〔나팔수가 회담 요청 신호를 분다. 위로, 프랑스 장군 등장〕
잉글랜드인 존 탈봇, 지휘관, 청하노라 그대,
잉글랜드 왕 해리의 신하 무장을,
그리고 원하노라. 그대의 도시 성문을 열라,
우리에게 몸을 낮추라, 나의 군주를 그대의 군주로 칭하고
그분께 복종하는 신민으로서 예를 갖추라,
그러면 내가 물릴 것이다 나와 내 살벌한 군사를.
그러나 혹시 이 평화 제의에 눈살을 찌푸린다면,
그대는 자극하는 것이로다 나의 세 수행원을—
앙상한 기근, 해체하는 강철, 그리고 치솟는 불길—
이들이 순식간에 평지로 만들 것이다
그대의 장중한, 공중과 겨루는 탑들을
만일 그대가 사랑의 제안을 내친다면 말이다.
장군 너 불길하고 두려운 죽음의 부엉이,

우리 민족의 공포이자 그들의 피비린 채찍 징벌,
네 포학질의 끝장이 다가오는도다.
우리한테 너 들어올 수 없다 죽음으로써 말고는,
왜냐면 맹세코 우리는 요새가 훌륭하고
병력도 충분히 나아가 싸울 만하나니.
네가 물러난다 해도, 도핀께서 훌륭한 병력을 갖추고
대기 중이시다 너를 전쟁의 덫에 빠뜨리기 위해.
네 양쪽에 부대가 배치되어
그 벽이 널 제멋대로 도주할 수 없게끔 막았고,
어느 쪽을 향한들 사태는 나아지지 않고
오로지 죽음이 직면하리라 명백한 전리품인 너를,
그리고 창백한 파멸이 네 얼굴을 응시하리라.
1만의 프랑스 병사가 영성체 하고 맹세하였다
그들의 위험천만한 대포를 쏘겠노라고
기독교도는 오로지 잉글랜드인 탈봇에게만 말이다.
저런, 네가 거기 서 있구나, 살아 숨 쉬는 용감한 사내,
무적의 정복할 수 없는 정신의.
이것이 네 예찬의 마지막 영광이노라,
너의 적인 내가 네게 주는,
왜냐면 이제 흐르기 시작하는 모래시계가
모래 같은 시간의 경로를 다하기 전에
지금 혈색 좋은 너를 보는 나의 두 눈이
보게 될 터 너를, 시든, 피투성이, 창백한, 그리고 죽은 꼴로.

〔먼데서 북소리〕

들으라, 들으라, 도핀의 북소리다, 경고의 종소리지,
연주하누나 무거운 음악을 벌벌 떠는 네 영혼에,
그리고 나의 음악이 크게 울릴 것이다 너의 음산한 퇴장을.

〔퇴장〕

탈봇 허튼 소리가 아니로다. 적들의 소리가 들려.
가 보라, 경기병 몇, 가서 살펴보라 그들의 옆구리를.

〔한두 명 퇴장〕

오 게으르고 경솔한 작전이로다,
울타리에 둘러싸인 우리 꼴이라니!—
몇 안 되는 소심한 잉글랜드 사슴 무리가
어쩔 줄 모르는구나 프랑스 똥개 사냥떼 컹컹 짖는 소리에.
우리가 잉글랜드 사슴이라면, 활기 찰 일,
허약하고 쓸모없는 종자처럼 한 입에 쓰러질 것 아니라,
오히려, 격노하여 필사적인 숫사슴으로,
피비린 사냥개한테 강철의 머리로 돌격하여
그 겁쟁이들이 궁지에 몰려 물러나 있게 할 일.
모두 각자의 목숨을 나만큼 비싸게 팔라
하여 그들이 알리라 우리, 나의 친구들, 비싼 사슴인 것을.
하나님과 조지 성인, 탈봇과 잉글랜드의 정의이시여,
이 위태로운 싸움에서 우리의 깃발 번성케 하소서!

모두 퇴장

4막 3장

프랑스 어느 곳

요크 공작을 만나러 온 사자 등장
요크 공작 리처드, 나팔수 및 숱한 병사들과 함께 등장

요크 공작 리처드 기동 정찰대는 돌아오지 않았는가
도핀의 강력한 군대를 추적하고서?
사자 돌아왔습니다, 섭정 나리, 그리고 알려 왔는바
도핀이 자신의 세력을 거느리고 보르도로 행군,
탈봇과 싸우려 한답니다. 그가 행군할 때에,
섭정께서 보내신 염탐꾼들이 발견한
도핀이 이끄는 것보다 더 강력한 두 부대가,
도핀과 합류, 보르도를 향해 행군하였다 하고요.
요크 공작 리처드 망할 놈이로다 악당 서머싯
이리 늦추다니 내게 약속된 지원군
이 공격을 위해 소집된 기마병들을!
저명한 탈봇이 정녕 내 도움을 고대할 터인데,
나는 반역자 악당의 놀림감이 되어
그 고결한 기사분을 도울 수가 없도다.
하나님 이 곤경에 빠진 그에게 힘을 주소서,
그가 잘못되면, 프랑스에서 전쟁은 안녕입니다!

또 다른 사자 윌리엄 루시 경 등장

루시 그대 우리 잉글랜드 군대를 이끄시는 지휘관 군주시여,
프랑스 대지 위에 이토록 요긴한 적 없었나니,
박차를 가하여 구해 주십시오 그 고결한 탈봇을,
지금 엄청난 무쇠 띠가 그의 허리를 졸라매고,
냉혹한 파멸이 그를 감침질하고 있음이옵니다.
보르도로 가세요, 용사 공작님 보르도로, 요크님.
아니면 안녕이오, 탈봇, 프랑스, 잉글랜드의 명예 모두.

요크 공작 리처드 오 하나님, 그 서머싯, 오만한 마음으로
내 기병대를 가로막는 그자가, 탈봇 대신 있다면!
그러면 우리는 용감한 신사 한 분을 구할 터인데
반역자이자 겁쟁이 하나를 벌금으로 내고 말이지.
광란의 분노와 격분한 복수 여신이 나를 울게 하는도다,
이렇게 우리가 죽다니 게으른 반역자들 잠든 동안에.

루시 오, 보내시오 어떻게든 원군을 고통받는 그분께.

요크 공작 리처드 그가 죽고, 우리가 진다, 내가 깬다 전투 맹세를,
우리 애도하고, 프랑스 미소 짓는다, 우리 잃고, 그들 매일 얻는다,
모두 이 사악한 반역자 서머싯 때문에.

루시 그렇담 하나님 불쌍히 여기소서 용감한 탈봇의 영혼을,
그리고 그의 아들 어린 존을, 그를 두 시간 전에
내가 만났는데 자식의 용사 아버지한테 가는 중이었소,
지금까지 7년 동안 탈봇은 자신의 아들을 못 보았는데,
이제 두 사람이 만나는군요 둘 다 목숨이 다하는 곳에서.

요크 공작 리처드 아아, 무에 기쁠 것인가 고결한 탈봇이
어린 아들을 자신의 무덤으로 반가이 맞아들인다?
가시오—애가 타서 숨이 막힐 지경이로다
찢겨진 친구들이 죽음의 시간에 인사를 나누다니.
루시, 잘 가게. 더 이상 내 운명은 능력이 없소
내가 그 사내를 돕지 못하는 원인을 저주하는 것 말고는.
마인, 블루아, 푸아티에, 그리고 투르를 빼앗기는도다
모두 서머싯과 그의 지체 때문에.

루시만 남고 모두 퇴장

루시 이렇게 난동의 독수리가
이토록 위대한 사령관들의 가슴을 파먹는 동안,
잠든 경솔한 부주의가 그예 내주고 마는구나
아직 피가 식지 않은 우리 정복자의 정복지,
기억에 영원히 살아 있을 사내
헨리 5세의 그것을. 그들이 서로를 거스르는 동안,
생명, 명예, 영토와, 모든 것이 서둘러 상실되나니.

퇴장

4막 4장

장면 계속

서머싯 공작, 그의 군대와 함께 등장

서머싯 〔지휘관에게〕 너무 늦었네, 지금 그들을 보낼 수 없군.
이 작전은 요크와 탈봇이
너무 성급하게 짠 것이야. 우리 병력 전체를 모아도
그 도시를 공격하려면
빠듯할 텐데. 너무 기고만장한 탈봇이
왕년의 명예 일체의 광택을 빛바래게 했소,
이 조심성 없는, 절망적인, 난폭한 모험으로.
요크가 그를 부추긴 거지 싸우다 치욕스레 죽으라고
그래야, 탈봇이 죽고, 위대한 요크가 빛날 테니까.

루시 등장

지휘관 저기 윌리엄 루시 경이 오네요, 저와 함께
파견된 분입니다, 열세인 아군이 원군 요청 건으로.
서머싯 이보오, 윌리엄 경, 어디로부터 파견된 거요?
루시 어디로부터요, 영주님? 사고 팔린 탈봇 영주로부터죠,
그분이, 막강한 적군에 빙 둘러싸여,
절규합니다 고결한 요크와 서머싯을 부르며

죽음의 습격을 그의 허약한 군대로부터 막아 달라고,
그리고 그 명예로운 지휘관이 그곳에서
피투성이 땀방울을 전투에 지친 사지마다 흘리고,
불리한 입장에서, 머뭇머뭇 구조의 손을 찾는 동안,
당신들 그의 거짓 희망들, 잉글랜드 명예의 신탁자들은,
수수방관하고 있소 쓸데없는 경쟁으로 말이오.
당신들의 사적인 불화 때문에
그분을 도와야 할 소집 지원군을 멀리 두지 마시오,
그분, 그 저명하고 고결한 신사분이
엄청난 난관한테 자기 목숨을 내주고 있는 판에.
서자 오를레앙, 샤를, 그리고 부르고뉴,
알랑송, 르네가, 그를 두르고 있어요,
그리고 탈봇은 당신들의 약속 불이행 때문에 죽는 거요.

서머싯 요크가 그를 부추겼어, 요크가 지원을 했어야지.

루시 그 요크께서 나리처럼 당장 나리를 탓하시던데요,
나리께서 이번 원정을 위해 모은
소집 기병들을 보내지 않았다고 욕을 하면서요.

서머싯 거짓말이다. 요크가 청했다면 내가 기병을 보냈지.
난 그자한테 빚진 거 없고 사랑할 일 더욱 없고,
기병을 보내 그에게 아첨 떠는 일 수치였느니.

루시 잉글랜드의 협잡이, 프랑스의 병사 아니라,
이제 함정에 빠트렸구려 그 고결한 심성의 탈봇을.
그는 결코 목숨을 잉글랜드로 가져오지 못하고,
죽을 것이오 당신네들 다툼으로 운명에 배반당하여.

서머싯 갑시다, 어서. 내 당장 기마병을 파견하겠소.

여섯 시간 안에 그들이 그를 도울 수 있을 것이오.

루시 원병이 너무 늦을 거요. 그는 사로잡히거나 살해당할 터.
왜냐면 설령 도망을 꾀했더라도 그는 도망칠 수 없을 것,
그럴 수 있을망정, 탈봇이 결코 도망을 꾀할 리 없고.

서머싯 그가 정말 죽었다면, 용감한 탈봇, 작별을 고할 밖에.

루시 그의 명성은 세계 속에, 그의 수치는 당신들 속에 살 것.

따로따로 퇴장

4막 5장

보르도 근처 전장

탈봇 영주와 그의 아들 존 등장

탈봇 오 내 아들 존 탈봇, 내가 너를 불렀다
전투의 전략을 가르치려고,
그래야 탈봇의 이름이 너로 하여 되살아날 것이니
진액 빠진 나이와 허약하고 무능한 사지가
네 애비를 축 처진 모습으로 의자에 앉히게 될 때 말이다.
하지만 오—악의에 찬 불길한 운수로다!—
이제 너는 들어섰구나 죽음의 축제 속으로,
끔직하고, 피할 수 없는 위험 속으로.
그러니, 소중한 내 아들, 가장 빠른 내 말에 올라타거라,
그러면 내가 네게 일러주리라 허를 찔러
도피할 계책을. 어서, 지체 말고, 가거라.
존 제 이름이 탈봇이고, 제가 아버님의 아들인데,
도망을 치라시니요? 오, 어머니를 사랑하신다면,
더럽히지 마십시오 그분의 명예로운 이름을
저를 애비 없는 자식이자 노예로 만드시면 안 되죠.
세상이 수군댈 겁니다 그는 탈봇의 혈육이 아니다
고결한 탈봇이 싸울 때 도망친 것을 보면.

탈봇 빠져 나가 내 죽음을 복수해 다오 내가 살해당할 경우.
존 그렇게 도망친 자 결코 다시 돌아오지 않을 겁니다.
탈봇 우리 둘 다 여기 있으면, 우리 둘 다 분명 죽을 것이야.
존 그렇담 저를 있게 하시고, 아버지, 아버지가 빠져나가세요.
아버지의 손실은 거대합니다, 그만큼 몸을 아끼셔야죠.
제 가치는 알려진 바 없으니, 저의 손실 또한 그러합니다.
저의 죽음으로 프랑스인들이 자랑할 것은 별로 없습니다.
아버지 죽음은 다르죠, 그것으로 모든 희망이 사라지니까.
도주는 흠집 내지 못해요 아버지가 얻은 명예를,
그러나 제 명예는 흠집 냅니다, 어떤 공적도 세운 바 없으니.
아버지의 도주는 군사적 이익이다, 모두 그리 말하겠으나,
제가 굽힌다면, 사람들은 두려워서 그랬다 할 겁니다.
제가 앞으로 싸우게 될 희망은 전혀 없지요
처음부터 기가 죽어 달아난다면.
이 자리에 무릎 꿇고 제가 간청합니다 죽음을
치욕으로써 보존된 목숨보다는.
탈봇 네 어머니의 모든 희망이 한 무덤에 묻혀야 하겠느냐?
존 암요, 제가 어머니의 자궁을 치욕스럽게 하기보다는요.
탈봇 내가 받을 축복을 걸고 명하노니 너는 가거라.
존 싸우러는 가겠으나, 적한테서 도망은 못 갑니다.
탈봇 니 애비의 일부가 너로 하여 구제받는 것일 수도 있어.
손 저로 하여 남을 아버지 부분은 치욕뿐일 겁니다.
탈봇 너는 이름이 알려진 바 없으니, 잃을 것이 없다.
존 있죠, 아버지의 명성이죠—도망으로 그것을 욕보이다뇨?

탈봇 네 아버지의 명령이 널 그 오명에서 씻어 주리라.
존 아버지는 절 위해 증언하실 수 없어요, 살해당하신다면.
죽음이 그토록 명백하다면, 함께 도주하시던지요.
탈봇 나를 따르는 자들은 여기서 싸우다 죽게 놔두고 말이냐?
내 평생 그런 치욕으로 물든 적은 없느니.
존 그런데 제 청춘을 그런 죄로 물들이라고요?
아버지가 저를 아버지한테서 떼어 놓으시느니
아버지 스스로 자신을 두 쌍둥이로 가르십시오.
싸우든, 가든, 아버지 맘대로 하세요. 저도 똑같이 할 겁니다,
왜냐면 전 살지 않을 겁니다 아버지가 죽으면.
탈봇 그렇다면 여기서 작별하자꾸나, 장한 내 아들,
태어나 오늘 오후 생명을 다할 것이니.
가자, 나란히 함께 살고 죽자,
그리고 두 영혼 함께 날아가자 프랑스에서 하늘로.

모두 퇴장

4막 6장

장면 계속

전투 경보. 소규모 전투, 그 도중 탈봇 영주 아들 존이 프랑스 병사들한테 둘러싸이고 탈봇이 그를 구출한다. 잉글랜드인이 프랑스인을 몰아낸다.

탈봇 조지 성인과 승리의 여신을 위해! 싸우라, 병사들, 싸우라!
섭정 리처드가 탈봇과 약속을 깨고,
우리를 내팽개쳤다 프랑스의 분노 프랑스의 칼날에.
어디 있나 존 탈봇? (존에게) 잠시 숨을 고르거라.
내 네게 생명을 주었고, 죽음에서 너를 구했나니.

존 오 두 번씩 나의 아버지, 두 번씩 저는 당신 아들입니다.
당신이 제게 처음 주신 생명이 실종되고 끝장날 참이더니
당신의 호전적인 칼로, 운명을 무릅쓰고,
제 정해진 날짜를 아버지께서 새로이 정해 주시는군요.

탈봇 도핀의 투구에서 네 칼이 불꽃을 일으켰을 때
그 열기가 네 아버지의 가슴을 데웠니라 당당한 욕망,
대담한 승리의 욕망으로. 그러자 납의 나이가,
네 젊음의 용기와 호전적인 분노로 활기를 되찾아,
내가 물리쳤구나 알랑송을, 오를레앙을, 부르고뉴를,
그리고 갈리아의 오만으로부터 너를 구했다.

격노한 서자 오를레앙, 그자가 피를 흘리게 했지,
너, 내 아들한테, 하여 처녀막을 찢더구나
네 첫 전투의, 내가 당장 대적했다,
그리고 몇 합 겨루다가, 내가 재빨리 흘리게 했다
그 서자의 피 약간을, 그리고 경멸하며
그자에게 이렇게 말했지. '오염된, 비천한,
그리고 서출의 피를 내가 너한테 흘리게 하노라,
비열하고 정말 초라한 피를, 그 순수한 나의 피,
네놈이 탈봇, 내 아들한테서 뽑아 낸 그 피의 대가로.'
이렇게 말하고, 그 서자놈을 내가 박살내려는데,
강력한 구조대가 밀어닥쳤다. 네 아버지의 보람인 얘야.
힘들지 않느냐, 존? 괜찮느냐?
지금이라도 전장을 떠나, 얘야, 달아나지 않겠느냐,
이제 기사도 정신의 아들인 것을 모두 알게 되었으니?
달아나 내 죽음을 복수해 다오 내가 죽었을 때
한 사람의 도움은 내게 별 소용이 없어.
오, 어리석은 일이다, 내가 잘 알아,
우리 목숨 전부를 작은 배 하나에 건다는 것은.
설령 내가 오늘 프랑스인들의 분노로 죽지 않는단들,
내일이면 노령으로 죽게 될 것.
나로 하여 그들은 아무것도 얻지 못하고, 내가 싸운단들
내 생명을 단 하루 연장할 뿐이다.
너로 하여 죽는 것은 네 어머니, 우리 가문의 이름,
내 죽음의 복수, 네 청춘, 그리고 잉글랜드의 명성이니라.
이 모든 것과 그 이상이 위태로워진다 네 싸움으로,

이 모든 것이 구원받는다 네가 달아난다면.

존 오를레앙의 칼은 아프지 않았어요,

아버지의 이 말씀은 생명-피를 뽑아내는군요 제 가슴에서.

그만한 이득, 그런 치욕으로써 사들인 그것 때문에,

지질한 목숨을 구하고 찬란한 명성을 죽이다니요,

아들 탈봇이 아버지 탈봇한테서 달아난다면

나를 태운 그 겁쟁이 말 쓰러져 죽게 하소서,

그리고 나를 프랑스 시골뜨기 소년에 비유,

치욕이 경멸하고 불행이 부리는 자 되게 하소서!

분명, 아버지께서 얻으신 온갖 영광에 의거,

제가 달아난다면 저는 탈봇의 아들이 아닙니다.

그러니 더 이상 달아나란 말씀 마세요 아무 소용없습니다.

탈봇의 아들이라면, 탈봇의 발 아래 죽을 뿐.

탈봇 그렇다면 따라오너라 네 절망적인 크레테 아비를,

너 이카로스야, 네 생명은 내게 향기로웠나니.

싸우길 원한다면, 네 아버지 곁에서 싸우거라,

그리고 괜찮다면, 우리 자랑스럽게 죽자꾸나.

모두 퇴장

4막 7장

장면 계속

전투 경보. 소규모 전투. 아버지 탈봇이 부하 손에 이끌려 등장

탈봇 어딨느냐 내 또 다른 생명은? 내 자신의 생명은 사라졌도다.

오 어딨느냐 젊은 탈봇, 어딨느냐 용감한 존은?
포로의 피로 더럽혀진 승리자 죽음이여,
젊은 탈봇의 용기가 나로 하여금 그대를 비웃게 하누나.
내가 기운 빠져 무릎 꿇은 것을 알고는,
자신의 피투성이 칼을 그가 휘둘렀다 내 위로,
그리고 굶주린 사자처럼 개시했지
분노와 엄한 성마름의 난폭한 행위를.
하지만 성난 내 보호자가 홀로,
쓰러진 나를 보살피고 아무도 그를 공격하지 못할 때에,
어지러운 눈을 한 분노와 가슴의 거대한 노여움이
갑자기 그로 하여금 나를 떠나 돌진케 하였다
군집한 프랑스인들의 전열 속으로,
그리고 그 피의 바다 속에서 내 아들을 익사시켰어
너무 치솟는 자신의 정신을, 그리고 거기서 죽었다

나의 이카로스, 나의 꽃이, 자랑스럽게.

잉글랜드 병사들이 존 탈봇의 시신을 나르며 등장

부하 오 나의 소중한 영주님, 저기 아드님 시신이 오는군요.

탈봇 기괴한 웃음의 죽음아, 네가 지금 우리를 비웃는다마는,
이제 곧 네 모욕의 학정으로부터,
영속의 유대로 짝 지워져,
날개 달린 탈봇 두 명이 허락하는 하늘을 통과,
너를 무릅쓰고 탈주하리라 필멸을.
〔존에게〕 오 너, 상처가 추한 죽음을 매력적이게 만드는,
말을 해라 네 아버지한테 네가 숨을 놓기 전에.
죽음을 거부하라 말로, 죽음의 뜻은 상관 말고
상상하거라 그를 프랑스인이자 너의 적으로.—
불쌍한 내 아들, 그의 미소가, 이리 말하는 듯하구나
'죽음이 프랑스인이었다면, 죽음은 오늘 죽었는걸요.'
가자, 어서, 그리고 그를 안겨 다오 그의 아버지 팔에.

〔병사들이 존을 탈봇의 팔에 안겨 준다〕

내 정신은 더 이상 견딜 수 없노라 이 손실을.
병사들아, 안녕. 나는 갖고 싶었던 것을 가졌느니.
이제 늙은 내 팔이 젊은 존 탈봇의 무덤이로다.

그가 죽는다. 전투 경보. 시신을 놔두고 병사들 퇴장. 샤를 도핀, 알랑송 및 부르고뉴 공작, 오를레앙의 서자, 그리고 성처녀 잔 등장

샤를 요크와 서머싯이 지원군을 보냈다면,

우리는 오늘 피비린 날을 맞았을 것이오.

서자 탈봇의 어린 사자 새끼가, 어찌나 미쳐 날뛰며,
그 미숙한 칼질로 프랑스인들을 찔러 대던지요!

잔 한번 그와 해보았는데, 내가 이렇게 말했소.
'너 신출내기 총각, 처녀한테 당해 보거라.'
한데 당당한, 위엄 있고 드높은 경멸로써
그가 이렇게 대답하는 거였소. '아들 탈봇이 태어나
창녀하고 싸우면 되겠느냐.'
그렇게 프랑스군의 한가운데로 돌진하면서,
그는 당당하게 떠났소, 나는 싸울 가치가 없다며.

부르고뉴 의심할 여지없이 그는 고결한 기사가 되었을 게요.
보시오 그가 관 속인 듯 누운 곳은 양 팔,
그에게 위해를 가르친 참으로 피비린 자의 양팔 속이오.

서자 저 둘을 갈가리 찢어라, 뼈를 짓이겨라,
저들의 삶은 잉글랜드의 영광, 갈리아의 경악이었나니.

샤를 오 아니오, 참으시오, 왜냐면 우리가 도망쳤던
그 살았던 상태를, 모욕하지 맙시다 죽은 상태로.

윌리엄 루시 경, 프랑스 전령과 함께 등장

루시 전령, 나를 도핀의 막사로 인도하시오
알고자 하오 누가 오늘의 영광을 획득했는지.

샤를 어느 쪽 항복 문서를 들고 그대는 파견되었는가?

루시 항복이요, 도핀? 그건 순전한 프랑스 단어입니다.
우리 잉글랜드 전사들은 그 말 뜻 모르지요.
제가 온 것은 도핀께서 누굴 포로로 잡으셨는지 알고

전사자들의 시신을 살피기 위해서입니다.

샤를 포로에 대해 묻는가? 지옥이다 우리 감옥은.
하지만 말해 보라 그대 누구를 찾는지.

루시 딱 한 분이오 어디 계십니까 전장의 위대한 아르케우스,
헤라클레스 조상, 용감한 탈봇 영주, 슈루즈버리 백작,
자신의 희귀한 무공으로 서작된
웩스포드, 워터포드, 그리고 발렌스의 위대한 백작,
굿리치와 어친필드의 영주 탈봇,
블랙미어의 스트레인지 경, 알튼의 버든 경,
윙필드의 크롬웰 경, 셰필드의 퍼니벌 경,
세 번 승리한 팰컨브리지 경,
조지 성인의 고결한 기사단 일원,
미카엘 성인 및 황금양모 기사단에 준하는,
프랑스 영역 내 온갖 전투에서
헨리 6세의 위대한 총사령관이신 그분은?

잔 그것 참 정말 같잖은, 요란굉장한 칭호 나열도 다 있소.
터키 술탄도, 왕국이 스물다섯 개나 되지만,
이토록 지리하게 칭호를 나열해 대지는 않소.
당신이 이 모든 칭호로 과대포장하는 그자는
악취 풍기며 구더기에 파먹히고 있느니.

루시 탈봇이 살해당했다고, 프랑스인의 그 유일한 채찍 징벌이,
너희 왕국의 공포이자 검은 복수의 여신이?
오, 내 두 눈알이 탄환으로 바뀐다면,
내가 분노로 그것을 너희 얼굴에 쏴 댈 수 있을 텐데!
오, 내가 이 죽은 이들을 살려 낼 수만 있다면!—

그것으로 충분히 프랑스 영역을 놀래킬 터인데.
그의 모습이 여기 있는 너희 사이 남기만 하더라도
너희 중 가장 오만한 자도 공포에 떨게 할 수 있을 터인데.
내게 그들 시신을 다오. 내가 그들을 여기서 모셔가
그들을 묻어 주리라 그 가치에 걸맞게끔.

잔 〔샤를에게〕 이 건방진 자는 늙은 탈봇의 유령 같소,
말투가 이리 당당하고 위압적이니.
부디 시신을 가져가게 하시오. 그들을 여기 둬 봐야
공중에 부패의 악취만 풍길 뿐이오.

샤를 가거라, 시신을 갖고 여길 떠나라.

루시 그들을 여기서 모셔 가겠지만, 그들 재에서 자라날 거요
불사조가, 그것이 프랑스 전역을 두려움에 떨게 할 것이고.

샤를 그러니 가져가랄 밖에, 시신을 갖고 네가 뭘 하든.

〔루시와 전령이 시신들을 나르며 퇴장〕

우리는 이제 파리로 갑시다 지금의 정복자 정신으로.
모두 우리 수중에 들어올 거요, 피비린 탈봇이 죽었으니.

모두 퇴장

제5막

마치 폭풍우 일진의 바람이
가장 강력한 선박이 조류를 거스르게 밀어붙이듯,
나도 그녀 명성 예찬의 숨결에 밀려
난파당하든지 아니면 도착하여
그녀 사랑의 열매를 취하든지 둘 중 하나라오.

5막 1장

궁정, 런던

등장 나팔 신호. 헨리 왕, 글로스터 및 엑스터 공작과 다른 이들 등장

헨리 왕 〔글로스터에게〕 살펴보시었소 교황,
황제와, 아르마냑 백작이 보내온 편지들을?

글로스터 예, 주군, 그리고 편지들의 요지는 이렇습니다.
그들이 청하고 있습니다 폐하께서 굽어살피시사
하나님의 평화를 체결해 주십시오
잉글랜드와 프랑스 왕국 사이에.

헨리 왕 호국경께서는 그들 제안을 어찌 보시오?

글로스터 좋지요, 훌륭하신 폐하, 유일한 수단으로 보고요,
우리 기독교인들의 유혈을 멈추고
양쪽의 평온을 확립할 수 있는.

헨리 왕 맞습니다, 삼촌, 난 늘 생각했어요
불경하고도 자연에 반하는 일이라고
이런 야만과 피비린 다툼이
같은 믿음을 천명하는 자들 사이 횡행한다는 것은 말이죠.

글로스터 게다가, 주군, 이 우호의 매듭을
보다 빨리 실효화하고 보다 확실하게 묶기 위해,

아르마냑 백작, 샤를의 측근인—
프랑스 내 굉장한 권력자죠—그가
그의 외동딸을 폐하께 드리겠답니다
아내로, 막대하고 풍부한 혼인 지참금과 함께요.

헨리 왕 아내요, 삼촌? 아아, 내 나이 어리고,
내 서재와 책들이 더 맞지요,
정인과 되는 대로 빈들거리는 것보다는.
그렇지만 대사들을 부르시오.
〔한두 명 퇴장〕
그리고 그대들이 좋다 하니,
그들이 각각 모두 답을 갖고 가도록 하시오.
나는 만족할 것이오 어떤 선택이든
하나님의 영광과 내 조국의 안녕에 보탬이 된다면.

윈체스터 주교〔이제는 추기경 복장의〕, 그리고 세 명의 대사〔그중 한 명은 교황 특사〕와 함께 등장

엑스터 〔방백〕 뭐야, 윈체스터 경이 임명과
부름을 받았는가 추기경 직에?
그렇다면 진실로 입증되겠구나
헨리 5세가 언젠가 예언한 말.
'일단 추기경이 된 후에는,
그가 자신의 모자를 왕관과 동격으로 만들리라.'

헨리 왕 우리 대사 경들, 그대들의 몇 가지 청원을
고려하고 토론해 보았소.
그대들의 원하는 바 좋고 또 합당하고,

그러므로 우리는 확실하게 결정했소
우호적인 평화 조건을 초하기로,
그리고 그것을 짐은 우리 윈체스터 경을 통해
보낼 것이오 즉각 프랑스로.

글로스터 〔대사들에게〕 그리고 그대 주인 나리의 제안은,
내가 폐하께 상세히 말씀드렸던 바,
그 숙녀분의 덕성과, 그 아름다움,
그리고 혼인 지참금 액수가 흡족하시므로,
그분을 잉글랜드의 왕비로 맞겠노라 하시었소.

헨리 왕 〔대사들에게〕 그 계약의 증거이자 보증으로
그녀에게 이 보석을 전해 주시오, 내 애정의 담보물이오.
〔글로스터에게〕 자, 이제, 우리 호국경, 이분들을 모시고
안전하게 도버까지 배웅해 주시오, 거기서 배에 태운 후,
바다의 행운을 빌어 주시고요.

윈체스터와 교황 특사만 남고 모두 따로따로 퇴장

윈체스터 잠깐요, 우리 특사 양반, 우선 받으십시다
내가 약속한 액수를
교황 성하께 전해 드리셔야죠
내게 이리도 장엄한 성의를 내리셨는데.

교황 특사 추기경께 한가하실 때 찾아뵙지요. 〔퇴장〕

윈체스터 이제 윈체스터는 굴하지 않을 것이다, 믿노니,
가장 오만한 귀족한테도 꿀리지 않을 것이고.
글로스터의 험프리, 너는 잘 알아야 할 것이야
출생에서든 권위로든

주교가 너한테 눌리지 않으리라는 것을.
내 네가 몸을 굽히고 무릎을 꿇게 만들거나,
이 나라를 대대적인 반란으로 약탈하거나 둘 중 하나다.

퇴장

5막 2장

앙주 평원, 프랑스

편지를 읽으며 샤를 도핀, 부르고뉴 및 알랑송 공작, 오를레앙의 서자, 앙주 공작 르네, 그리고 성처녀 잔 등장

샤를 이 소식은, 영주분들, 우리의 처진 사기를 북돋아 주겠군요.
용감한 파리 시민들이 봉기를 일으키고
다시 돌아선다 하오 호전적인 프랑스 쪽으로.
알랑송 그렇다면 파리로 진군하시지요, 프랑스 왕 샤를님,
병력을 한가로이 놀게 두시지 말고요.
잔 그들 사이 평화 있으라 그들이 우리 쪽으로 돌아선다면
아니면, 파멸이 전투를 벌이리라 그들의 궁전과!

정찰대원 등장

정찰대원 우리 용감한 장군께 승리가 있기를,
그리고 그분의 동맹들께 행복을.
샤를 어떤 소식을 우리 정찰대가 보내왔는가? 어서 말하라.
정찰대원 잉글랜드군은, 두 파로 갈렸었으나,
이제 합쳤습니다 하나로
그리고 즉각 공격하려 합니다.
샤를 다소 너무 급작스럽구려, 영주분들, 전투 경보가.

하지만 즉각 그들을 맞을 채비를 하십시다.

부르고뉴 설마 탈봇의 유령이 거기 있는 건 아니겠지.

잔 이제 그는 죽고 없소, 영주, 두려워할 거 없어요.

온갖 비천한 감정들 중, 가장 타기할 것은 두려움이죠.

정복을 명하세요, 샤를, 샤를 것이 되리니

헨리는 안달 나게 두고 세계 전체가 푸념케 두고 말이오.

샤를 그러면 진군합시다, 영주분들, 그리고 프랑스에게 행운을!

모두 퇴장

5막 3장

앙지에르 앞, 프랑스

전투 경보. 소규모 전투. 성처녀 잔 등장

잔 섭정 리처드가 정복하고, 프랑스인들이 달아난다.
이제 도와다오, 마법 주문과 부적들아,
그리고 너희 선택받은 유령들 내게 미리 경고해 주고
징표를 보여 다오 앞으로 일어날 일의.
〔천둥소리〕
너희 신속한 도우미들, 위용 있는
북의 군주를 대리하는 자들아,
모습을 나타내고, 도와다오 나를 이 작전에서.
〔악령들 등장〕
이 속도와 빠른 출현은 증거로구나
너희들이 늘 내게 충실하다는.
이제, 너희 수행 유령들, 너희가
지하의 가장 강력한 구역으로부터 모였으니,
도와다오 이번 한 번, 프랑스가 승리할 수 있게끔.
〔그들이 걷고 말은 하지 않는다〕
오, 나를 붙잡지 말아 다오 침묵으로 너무 오래
내가 너희한테 피를 빨리던 그 몸에서,

사지를 하나 떼어 너희한테 주겠노라
선금으로서,
그러니 부디 은혜를 베풀어 날 도와다오 지금.

〔그들이 머리를 축 늘어뜨린다〕

구제할 희망이 전혀 없다? 내 몸을 바쳐
보상하겠노라 너희가 내 청을 들어준다면.

〔그들이 머리를 흔든다〕

내 몸으로도 피의 희생으로도
간청할 수 없단 말이냐 너희가 늘상 주던 도움을?
그렇다면 내 영혼을 주마—내 몸, 영혼, 그리고 모든 것을—
잉글랜드가 프랑스에 패배를 안기기 전에.

〔그들이 떠난다〕

보라, 그들이 날 떠났구나. 이제 때가 왔도다
프랑스가 그 장식 깃털 드높은 투구를 낮추고
그녀의 머리를 잉글랜드의 무릎에 떨어뜨릴 날이.
내 이전 주문은 너무 약해,
그리고 지옥은 너무 강하지 내가 상대하기에는.
이제, 프랑스, 너의 영광 시들어 먼지가 되는구나.

퇴장

5막 4장

장면 계속

소규모 전투. 부르고뉴와 요크 공작이 백병전을 벌인다. 프랑스인 도주한다. 성처녀 잔 사로잡힌다.

요크 공작 리처드 프랑스의 높은 년, 내가 널 꽉 붙잡은 것 같구나.
이제 사슬에 묶인 네 유령들을 주문으로 불러내어,
너를 풀어 달라고 해보렴.
멋진 전리품이로다, 악마 폐하께 딱 알맞은!
〔자신의 병사들에게〕 추악한 마녀가 얼굴도 찌푸리네,
키르케를 불러다 내 모습을 돼지로 바꾸고 싶은가 보다.

잔 지금의 너보다 더 흉한 모습이 있을 수 있겠느냐.

요크 공작 리처드 오, 샤를 도핀이 미남이지.
그 정도는 되어야 네 괴팍스런 눈에 들겠구나.

잔 우라지고 염병할 놈이다 샤를도 너도,
그리고 너희 두 놈 다 급습을 당하는 수가 있어,
피 묻은 손한테 침대에서 잠을 자다가 말이다.

요크 공작 리처드 지독한 저주꾼 추녀, 마녀야, 입을 닥치거라.

잔 좀 더 저주를 퍼붓게 해 주면 좋겠군.

요크 공작 리처드 저주하려무나, 이단녀, 네가 화형대로 갈 때.

모두 퇴장

5막 5장

장면 계속

전투 경보. 서포크 백작이 마가릿 손을 끌며 등장

서포크 당신이 누구든, 내 포로란 말이지.

〔그가 그녀를 응시한다〕

오 이렇게 아름다울 수가, 두려워하거나 달아나지 마시오.

존경의 손으로만 그대를 만질 테니까.

그리고 부드럽게 그것을 놓겠소 그대의 부드러운 허리에.

영원한 평화를 위해 이 손가락에 입을 맞추오.

그대는 누구요? 말하오, 그대에게 경의를 표할 수 있도록.

마가릿 마가릿이 내 이름이고, 왕의 딸입니다,

나폴리 왕의, 당신은 누구신지 몰라도.

서포크 나는 백작이오, 서포크라 부르고요.

노여워 마시오, 자연의 기적이여,

그대는 내게 사로잡힐 운명이었구려.

그렇게 백조가 자신의 백조 새끼를 보호하지요,

날개 밑으로 그들을 사로잡고 말이오.

하지만 이 노예 취급이 그대를 노엽게 한 것이라면,

가시오, 다시 자유를 취하시오, 서포크의 친구로서.

〔그녀가 가고 있다〕

오 멈추시오! 〔방백〕 그녀를 가게 할 능력이 내게 없구나.
내 손은 그녀를 놓아주려 하지만, 가슴은 안 된다 한다.
태양이 유리 같은 하천에 장난을 치며
또 다른 반사 광선을 반짝이듯
바로 그렇게 보인다 이 눈부신 미인이 내 눈에.
기꺼이 그녀한테 구애하고 싶지만, 감히 말을 못하겠구나.
펜과 잉크를 가져오래서, 내 마음을 글로 써 볼까.
이런, 들라 폴, 못난 짓 마라!
너는 혀가 없나? 그녀가 여기 듣고 있잖아?
여자 눈초리에 주눅 들 거야?
그래, 아름다움의 당당한 위엄은
혀를 쩔쩔매게 하고, 감각을 무디게 할 정도로다.

마가릿 말하세요, 서포크 백작—당신 이름이 그러시다니—
몸값을 얼마나 내야 갈 수 있습니까?
내가 당신 포로인 것 같으니 말이에요.

서포크 〔방백〕 어떻게 안다는 거냐 그녀가 너를 거절할 줄을
그녀의 사랑을 떠보지도 않고?

마가릿 왜 말씀이 없으신가요? 몸값으로 얼마를 내야 하죠?

서포크 〔방백〕 그녀는 아름답고, 그러므로 구애를 해야 해,
그녀는 여자야, 그러므로 설복시켜야 하는 것.

마가릿 몸값을 받으실 건가요, 아닌가요?

서포크 〔방백〕 멍청한 놈, 아내가 있다는 걸 기억해야지,
그렇다면 어떻게 마가릿을 네 정부로 만들 것이냐?

마가릿 〔방백〕 그냥 가 버릴 것을, 들을 생각도 없는 사람이니.

서포크 (방백) 바로 그 점이 문제군, 그게 피박이야.
마가릿 (방백) 마구잡이로 떠드는군, 분명 미친 사람이야.
서포크 (방백) 그렇지만 특별 이혼 허락을 받을 수도.
마가릿 그렇지만 당신 내 말에 대답을 해 주셨으면.
서포크 (방백) 내가 이 숙녀 마가릿을 설복하겠어. 누굴 위해?
뭐, 왕을 위해서—츳, 나무처럼 어벙한 짓이로다.
마가릿 (방백) 나무 얘기를 하네. 목수란 얘긴가.
서포크 (방백) 하지만 그렇게 내 사랑이 만족될지 모르지,
두 나라 사이 평화도 확립되고 말이야.
하지만 그것도 장애물이 있군,
비록 그녀 아버지가 나폴리의 왕,
앙주와 마인의 공작이라지만, 그는 가난하거든,
그러면 우리 귀족들이 그 결혼 우습게 보지.
마가릿 이보세요, 지휘관? 짬이 없으신가요?
서포크 (방백) 그리해야 해, 귀족들이 아무리 경멸하더라도.
헨리는 젊으니까, 신속히 무너질 거고.
(마가릿에게) 숙녀분, 내 털어놓을 말씀이 있소.
마가릿 (방백) 내가 포로로 잡혔지만, 이 사람 기사 같으니
어느 쪽으로든 내게 수치를 안기지는 않겠지.
서포크 숙녀분, 내 말 귀담아듣겠다고 약속해 주시오.
마가릿 (방백) 난 프랑스인한테 구원받아야 하는 게 맞겠지,
그렇다면 내가 이 사람의 예의 바름을 갈망할 것도 없겠고.
서포크 상냥하신 부인, 내가 하는 말을 들어 주시오.
마가릿 (방백) 츳, 여자란 포로로 잡히는 일 비일비재하니까.
서포크 숙녀분, 왜 그리 말씀하시오?

마가릿 잘못했어요, 그냥 가는 말 오는 말 하다 보니까.
서포크 말해 주시오, 착하신 공주, 생각하지 않으시렵니까
그대의 속박 행복하다고, 그대를 왕비로 만들어 드린다면?
마가릿 속박으로 왕비가 되는 건 더 나쁘죠
비천한 노예 신분의 노예가 되는 것보다,
왕족은 자유로워야 하니까.
서포크 그대는 의당 자유로울 것이오,
행복한 잉글랜드의 국왕이 자유로울 것이면.
마가릿 아니, 그분의 자유가 저와 무슨 상관인가요?
서포크 내 그대를 헨리의 왕비로 만드는 일을 떠맡아,
황금 왕홀을 그대 손에 쥐어 드리고,
귀중한 왕비관을 그대 머리에 씌워 드리겠소
만일 그대가 언짢아 마시고 되어 주신다면 말이오, 나의—
마가릿 무엇?
서포크 그의 사랑이 되어 주신다면.
마가릿 난 헨리의 아내가 될 자격이 없어요.
서포크 있지요, 착하신 부인, 내가 자격 없는 사람이지요
이토록 아름다운 분께 그의 아내가 되어 달라고 구애할.
〔방백〕 그리고 내 자신 그 선택에 지분도 없고.—
답을 주시지요, 부인 그리하시겠습니까?
마가릿 제 아버님께서 괜찮다 하시면, 하겠어요.
서포크 그러면 부르겠소 우리 지휘관들과 기수들을.
〔지휘관들, 기수들, 그리고 나팔수들 등장〕
그리고, 부인, 그대 아버님의 성벽에서
우리가 나팔을 울려 그와 회담을 하겠습니다.

〔회담 요청 나팔 소리. 앙주 공작 르네가 성벽 위에 등장〕

보시오, 르네, 당신의 딸은 포로요.

르네 누구에게?

서포크 나에게.

르네 서포크, 어찌 하면 되겠소?

난 군인이라, 어울리지 않소 울거나

운명 여신의 변덕을 불평하기에는.

서포크 그래요, 구제할 길은 충분하오, 영주.

동의하시오, 그리고 그대 명예를 걸고 찬성하시오,

그대의 딸이 나의 국왕과 결혼하는 것에,

내가 애써 그대 딸을 그리 구애하고 설복시켰소,

이리 편한 그녀의 감금이

그대 딸에게 군주의 자유를 얻어 주었고요.

르네 서포크의 말은 생각과 같은가?

서포크 아름다운 마가릿이 알고 있소

서포크가 아첨하지 않고, 속이거나 꾸며 대지 않는 것을.

르네 그대가 군주답게 보장하니 내 내려가

그대에게 드리겠소 그대의 정당한 요구에 대한 답을.

서포크 그러면 난 여기서 그대 오기를 기다립니다.

위에서 르네 퇴장

나팔 소리. 르네 등장

르네 잘 오시었소, 용감한 백작, 우리 영토에.

앙주에서 백작 원하는 대로 지휘권을 행사하시오.

서포크 고맙소 르네, 다복하십니다 이리 상냥한 따님을 두시다

니,

왕의 배필이 되기에 적절한 분을 말이오.

내 소청에 대한 공작의 답변은 무엇입니까?

르네 그대가 몸소 보잘것없는 내 여식을 구애하여

그런 군왕의 위풍당당한 배필로 만들어 주시겠다니,

나는 내가 평온하게 내 자신의 것,

마인과 앙주 공작령을 누리게 하고,

압제 혹은 전쟁의 타격에서 자유롭게 할 것을 조건으로,

내 딸을 헨리에게 주겠소, 그분이 좋다면.

서포크 그것이 그녀의 몸값입니다. 그녀를 넘겨드리지요,

그리고 두 공작령은 제가 책임지고

공작께서 평온하게 잘 누리시도록 하겠습니다.

르네 그렇다면 나는 국왕 헨리의 이름으로,

그 자애로우신 왕의 대리인이시니,

그대에게 내 딸의 손을 주겠소

결혼 서약의 증표로.

서포크 프랑스의 르네, 내 그대에게 왕의 감사를 드리오,

이것은 왕의 일이므로.

(방백) 그렇지만 썩 좋을 것 같군

이 건만큼은 내가 내 자신의 변호사 노릇을 하더라도.

(르네에게) 그러면 나는 이 소식 들고 잉글랜드로 넘어가,

이 결혼의 예식을 엄숙히 치르게끔 조치하겠소.

그러니 잘 계시오, 르네, 이 다이아몬드를 안전히

황금 궁전에 두십시오, 그곳이 걸맞으니.

르네 내가 참으로 그대를 껴안습니다 기독교 군주 헨리 왕을

내가 껴안을 것이듯 그가 여기 있다면 말이오.
마가릿 〔서포크에게〕 잘 가세요, 영주님. 호의, 예찬과, 기도를
마가릿은 서포크 님께 늘 드릴 것입니다.

그녀가 가고 있다

서포크 잘 계시오, 상냥한 부인, 한데 잠깐, 마가릿—
나의 국왕께 전할 왕비의 인사는 없소?
마가릿 소녀, 처녀와, 그분의 하녀에 어울리는
그런 인사를 전해 주십시오 그분께.
서포크 상냥한 위치와 겸손한 방향의 말씀이구려.
〔그녀가 가고 있다〕
하지만 부인, 다시 한 번 괴롭혀 드립니다만—
폐하께 전해 드릴 정표는 전혀 없나요?
마가릿 있지요, 훌륭하신 영주님. 순수하고 흠결 없는 마음,
아직 사랑으로 얼룩진 적 없는 그것을, 왕께 보내드립니다.
서포크 그리고 이것도겠지요.

그가 그녀에게 입을 맞춘다.

마가릿 그건 영주님 드리죠, 제가 주제넘게
그런 하찮은 징표를 국왕께 보내드릴 수는 없으니.

르네와 마가릿 퇴장

서포크 〔방백〕 오, 그대가 내 것이라면!—그러나 서포크, 그만.
네가 그 미궁 속을 헤매면 안 되지.
거기 미노타우로스와 추악한 반역이 도사리고 있나니.

헨리를 꼬드기는 거야 놀라운 그녀 예찬으로.
새겨야지 그녀의 높이 솟은 미덕을,
인위를 빛바래게 하는 엄청난 자연의 우아미를.
되새겨야겠지 그녀 미덕의 이미지를 바다에서 몇 번이고,
그래야 네가 가서 헨리의 발 아래 무릎 꿇을 때
너는 놀라움으로 그의 얼이 빠지게 할 수 있을 것이니.

모두 퇴장

5막 6장

요크 공작 군영

요크 공작 리처드, 워릭 백작, 그리고 양치기 등장

요크 공작 리처드 데려오라 화형 선고 받은 그 마녀를.

호위 감시를 받으며 성처녀 잔 등장

양치기 아, 잔, 이 일로 니 애비 심장이 그대로 멈추는구나.
멀고 가까운 나라들을 모두 뒤지다,
이제야 마침내 너를 찾아냈는데
내가 봐야 한단 말이냐 네 비명의 잔인한 죽음을?
아 잔, 상냥한 내 딸 잔, 내 너와 함께 죽을란다.

잔 형편없는 늙은이, 비천하고 저열한 놈 같으니,
난 더 귀족적인 혈통 출신이야,
네놈은 내 아비도 아니고 친구도 아니란 말이다.

양치기 그게 무슨 소리!—나리들, 괜찮으시다면, 그게 아녜요.
제가 정말 저 애를 낳았어요, 교구 전체가 알고 있죠.
저 애 어미가 아직 살아 있고, 증언할 수 있습니다
저 애가 내 총각 때 첫 결실이라는 것을.

워릭 〔잔에게〕 막돼먹은 년, 네 부모도 부인할 테냐?

요크 공작 리처드 이제 알겠군 그녀가 살아온 삶이 어땠는지—
사악하고 야비하다, 그러니 그녀의 죽음이 결론이고.

양치기 그러지 마라, 잔, 왜 이리 억지를 부리느냐.
하나님이 아신다 네가 내 살의 한 조각이라는 것,
그리고 널 위해 내가 많은 눈물 흘렸다는 것을.
나를 부인하지 마라, 제발, 착한 잔.

잔 촌뜨기, 물러가라! 〔잉글랜드인에게〕 너희가 이자를 사서
고의로 얼버무릴 속셈이로다 내 귀족 출생을.

양치기 〔잉글랜드인들에게〕 귀족 금화 한 닢을 사제한테 주기는 했죠
내가 저 애 엄마와 결혼한 날 아침에.
〔잔에게〕 무릎을 꿇고, 나의 축복을 받거라, 착한 내 딸.
꿇지 않겠다고? 그렇담 저주받으라
네 탄생의 시간. 바라노니 그 젖
네가 네 어미 젖꼭지를 빨 때 네 어미가 준 그 젖이
약간의 쥐약이었더라면 네게 더 좋았겠구나.
그게 아니면, 네가 내 양들을 들판에서 보살필 때
굶주린 늑대가 너를 잡아먹었더라면.
네가 네 애비를 부인하느냐, 몹쓸 화냥년?
〔잉글랜드인에게〕 오 태우시오 이년, 태우시오 이년을! 교수형도 너무 선처이니. 〔퇴장〕

요크 공작 리처드 〔호위들에게〕 그녀를 데려가라, 너무 오래 살은 년이거든,
세상을 사악한 기질로 채우면서.

잔 우선 말하게 해 다오 너희가 화형 선고를 내린 자 누구인지.

양치기 시골 청년한테 난 자 아니고
왕의 혈통에서 난 자니라,
미덕 있고 거룩하여, 선택받았다 위로부터
천상 은총의 영감을 받아
지상에서 이례적인 기적을 행하게끔.
결코 사악한 유령과 상관할 필요 없었니라
그러나 너희들의 욕정으로 오염된 너희,
순진한 사람들의 죄 없는 피로 얼룩진,
천 가지 악덕으로 부패하고 타락한—
다른 이가 지닌 은총이 너희에게 없으므로
너희는 즉각 불가능하다고 판단해 버리지
악마의 도움 없이 이적을 수행하는 일이.
아니다, 오해받았으되 잔다르크는 줄곧
처녀였니라 유약한 유년기부터,
생각 자체가 순결하고 무구하였다,
이리도 잔혹하게 유혈된 처녀 피가
복수를 원하며 울부짖을 것이다 천국의 대문에서.

요크 공작 리처드 그래, 그래, (호위들에게) 끌고 가 처형하라.

워릭 (호위들에게) 그리고 잠깐, 자네들. 그녀가 처녀라니,
장작단 아끼지 말게. 충분히 쌓아 놔.
그 치명적인 화형 기둥 위에 송진통을 얹어 놓고,
그래야 그녀 고통이 줄 테니까.

잔 그 무엇도 바꿀 수 없는가 너희들의 가책 없는 마음을?
그렇다면 잔, 드러내자 너의 약점을,
법이 그것을 너의 특권으로 보장해 주니까.

나는 애를 가졌다, 너희 피비린 살인자들아,
그러니 살해하지 마라 내 자궁 속 열매를,
설령 너희가 나를 난폭한 죽음에게로 질질 끌고 갈망정.
요크 공작 리처드 저런 하나님 맙소사—성처녀가 아이를 배?
워릭 (잔에게) 네가 행한 가장 위대한 기적이로구나.
그렇게 엄히 깔끔을 떨더니 고작 이거냐?
요크 공작 리처드 그녀와 도핀이 줄곧 몸을 섞었던 거지요,
난 짐작했었소 저년의 마지막 방패가 무엇일지.
워릭 좋아, 어쨌든, 서자는 살려 두지 맙시다,
특히 샤를이 아버지 노릇을 해야 한다니.
잔 잘못 아셨소. 내 아이는 그의 아이가 아니오.
내 사랑을 누린 사람은 알랑송이었소.
요크 공작 리처드 알랑송, 그 악명 높은 마키아벨리 말이냐?
목숨이 천 개라도 죽여야겠다.
잔 오 내게 말미를 주시오, 내가 여러분들을 미혹시켰소.
샤를도 아니고 내가 거명한 공작 또한 아니오,
바로 르네 나폴리 왕이오 나를 설복한 것은.
워릭 유부남이라구?—그거 정말 최악이군.
요크 공작 리처드 이런, 희한한 소녀네 그녀가 잘 모르는 것 같소—
너무 많거든—누굴 탓해야 할지 말이오.
워릭 그녀가 너그럽고 자유롭다는 증표겠지요.
요크 공작 리처드 그런데도 진정 그녀가 순결한 처녀라!
(잔에게) 창녀, 네 말이 선고 내렸구나 네 아새끼와 네게,
어떤 간청도 마라, 소용없으리로다.
잔 그렇다면 날 끌고 가라, 나는 저주를 내리고 가리라,

영광스러운 태양이 결코 광선을 쏘아 주지 않을 것이다,
너희가 주거지를 만든 나라에는, 그러기는커녕
죽음의 우울한 그림자와 암흑이
너희를 둘러싸고 급기야 불운과 절망이
너희 스스로 목을 부러뜨리거나 매달게끔 몰아갈 것이다.

윈체스터 주교이자 추기경 등장

요크 공작 리처드 〔잔에게〕 네가 산산이 부서지고, 불에 타 재가 될 일이로다,
너 지옥의 추잡하고 저주받은 사제야.

잔, 호위 감시를 받으며 퇴장

윈체스터 섭정 나리, 제가 나리께 이렇게 인사드립니다
국왕께서 보내신 위임장으로요.
그 내용은, 여러 경들, 기독교의 국가들이,
이 난폭한 분쟁을 가엾이 여기고,
진심으로 간청했다는 것입니다 전반적인 평화를
우리 나라와 그 대망의 프랑스 사이에,
그리고 이곳 가까이 도펀과 그를 따르는 일행이
도착 중이오 몇 가지 문제를 의논하기 위하여.
요크 공작 리처드 우리의 온갖 수고가 이렇게 끝난단 말이오?
학살되었소, 그리 숱한 귀족들이,
그리 숱한 지휘관, 신사, 그리고 병사들이
이 싸움에서 쓰러져
그들의 몸을 팔았소 그들 조국의 이익을 위해,

그런데 우리가 결국 여자 같은 평화를 맺는단 말이오?
우리는 잃지 않았소 그 모든 도시들 대부분을
반역으로, 거짓으로, 또 기만으로,
우리의 위대한 조상들이 정복했던 그것을?
오 워릭, 워릭, 난 슬픔으로 미리 보오
프랑스 영역 전체의 완전한 상실을!

워릭 참으시오, 요크. 우리가 평화를 맺는다면
그 규정을 아주 엄하고 까다롭게 하여,
프랑스인들이 그것으로 얻을 것이 없게 할 일이지요.

샤를 도핀, 알랑송 공작, 오를레앙의 서자, 그리고 앙주 공작 르네 등장

샤를 현재, 잉글랜드 영주분들, 합의된 바
평화 조약이 프랑스 내에서 선포된다고 하니,
우리가 왔소, 그대들한테 직접
그 조약 조건을 듣기 위하여.

요크 공작 리처드 말하시오, 윈체스터, 들끓는 분노가
질식시키거든 내 목소리의 텅 빈 통로를,
우리의 죽어 마땅한 적인 이들을 보니 말이오.

윈체스터 샤를과 나머지 분들, 이렇게 정하였습니다.
즉, 헨리 왕께서 윤허하심에 따라,
순수한 동정과 너그러움으로,
귀하 나라에서 고통스런 전쟁을 면해 주고,
허락한다 귀하가 풍작의 평화 속에 숨 쉬는 것을,
귀하는 그의 왕관에 진실된 봉신이로다.

그리고, 샤를, 귀하가 맹세로써
그분께 조공을 바치고 복종한다는 조건으로,
귀하는 그분 아래 총독으로 임명되고,
여전히 왕으로서 귀하의 권위를 누리게 될 것이오.

알랑송 그렇다면 그가 그 자신의 그림자여야 한다?—
그의 사원을 보관으로 장식하지만,
본질로 권력에서는
일 개인의 특권만 유지할 뿐이다?
이 제안은 터무니없고 불합리하오.

샤를 이미 알려진 대로 나는 차지했소
갈리아 영역의 반 이상을,
그리고 그곳에서 경의를 받고 있소 그들의 정통 왕으로.
그런 내가, 나머지 정복되지 않은 영토를 얻자고,
그 국왕 대권에서 한참을 물러나
고작 전체의 총독으로 불리워야겠는가?
아니오, 대사 경들, 난 차라리 지키겠소
내가 지닌 것을, 그 이상을 탐내다가
모든 것의 가능성에서 배제당하느니.

요크 공작 리처드 무례한 샤를, 그대가 은밀한 수단으로
중재를 활용하여 동맹을 얻어 놓고서는
이제 와서, 사안이 타협점에 이르니,
교묘한 비유로 말을 돌리는가?
받으라 그대에게 과분한 칭호를,
우리 국왕이 내리는 은총의 수혜자로서,
상속권과는 전혀 무관한 자로서,

아니면 우리 그대를 괴롭히리라 쉼 없는 전쟁의 역병으로.

르네 〔샤를에게 방백〕 저하, 이 고집은 잘하시는 게 아녜요

경솔한 반대를 제기하시면 안 되죠 이 약정 과정에.

이것을 무시하면, 십중팔구,

우리가 이와 같은 기회를 얻지 못하게 됩니다.

알랑송 〔샤를에게 방백〕 사실, 저하의 굳건한 방침은

구제하는 것이었지요 저하의 신민을 대량 학살과

그 잔악무도한 살륙, 우리가 매일매일

우리의 적대 행위 때문에 보게 되는 그것들로부터

그러니 받아들이세요 이 휴전 맹약을,

저하 마음대로 깨실 때 깨시더라도.

워릭 답변하시겠소, 샤를? 우리 조건대로 하겠소?

샤를 그러리다,

다만 전제를 달겠소, 그대들은 어떤 요구도 마시오

요새화한 우리 소도시들에 대해서는.

요크 공작 리처드 그럼 신하의 맹세를 하시오 우리 폐하께,

그대는 기사이므로, 결코 불복하거나

반역하지 않겠다고, 잉글랜드의 왕관에,

그대든 그대 귀족들이든 결코 잉글랜드의 왕관에 말이오.

〔그들이 맹세한다〕

그럼, 이제 그대 군대를 편하실 때 해산하시오.

내리시오 그대의 국기를, 침묵시키시오 그대의 북을,

이제 우리는 장엄한 평화를 대접하려는 것이니.

모두 퇴장

5막 7장

궁정, 런던

서포크 백작, 헨리 왕과 글로스터 및 엑스터 백작과 얘기를 나누며 등장

헨리 왕 〔서포크에게〕 그대의 놀랍고도 드문, 고결한 백작,
아름다운 마가릿 묘사가 날 경악시키는구려.
외적인 미모로 은총받은 그녀의 미덕은
정말 사랑의 변함없는 열정을 내 가슴 속에 길러 내고
마치 폭풍우 일진의 바람이
가장 강력한 선박을 조류 거스르게 밀어붙이듯,
나도 그녀 명성 예찬의 숨결에 밀려
난파당하든지 아니면 도착하여
그녀 사랑의 열매를 취하든지 둘 중 하나라오.

서포크 저런, 착하신 주군, 이 피상적인 얘기는
서론에 불과합니다, 그녀에 값하는 예찬의,
그 사랑스런 귀부인의 주요한 완벽의 경지는,
말로 형용할 충분한 기술이 제게 있다면,
유혹의 귀절로 책 한 권을 이루어
황홀케 할 수 있지요 아무리 둔한 상상력이라도,
그리고, 게다가, 그녀는 너무 고상한 쪽도,

온갖 기쁨을 골라 포식한 쪽도 아니고,
다만 마음의 겸손한 낮춤으로
흡족히 폐하 명에 따르는 거니까요—
이 명이란, 뭣이냐, 미덕 있고 정숙한 의도의,
헨리를 그녀 주인으로 사랑하고 받들라는 명을 뜻합니다.

헨리 왕 내가 달리 추정할 것도 없소.
(글로스터에게) 그러니, 우리 호국경, 동의해 주오
마가릿을 잉글랜드 왕비로 맞을 수 있다고.

글로스터 그 동의는 죄악에 아첨하는 일에 대한 동의가 되죠.
아시잖아요, 주군, 폐하는 약혼하셨어요
귀한 신분의 또 다른 숙녀와.
그렇다면 어찌 제가 그 약조를 없는 걸로 하고도
손상시키지 않을 수 있겠습니까 폐하의 명예를 비난으로?

서포크 불법 선서를 한 군주의 경우와 같겠죠,
아니면 어떤 자가, 마상시합에서 자신의 힘을
겨뤄 보겠다는 선서를 했으나, 경기장을 떠나는 경우,
그의 상대방이 걸맞지 않다는 이유로 말이오.
초라한 백작의 딸은 대등하지 않은 상댑니다,
그러니 파약해도 잘못이 아니죠.

글로스터 왜, 어떤 점에서, 말해 보오, 마가릿이 그 이상입니까?
그녀 아버지도 백작보다 더 나을 것이 없잖소,
명예직으로야 그가 더 낫다고 하겠으나.

서포크 낫죠, 호국경. 그녀 아버지는 왕입니다,
나폴리와 예루살렘의 왕,
그리고 프랑스 내 그의 권위는 아주 대단해서

그의 동맹이 확정해 줄 정도죠 우리의 평화를
프랑스인을 계속 신민으로 두게 해 주고 말입니다.

글로스터 그런 거라면 아르마냑 백작이라고 못할까,
그가 샤를의 가까운 친척인데.

엑스터 게다가, 그의 재산은 정말 많은 혼인 지참금을 보장하지,
르네는 주기보다는 받으려 들걸.

서포크 지참금이요, 경들? 모욕하지 마시오 그대들의 왕을
그가 너무도 비굴하고, 천하고, 가난해서
재산 보고 선택하지 완벽한 사랑은 아니라는 식으로.
헨리는 능력이 있습니다 자신의 왕비를 부자로 만들어 줄,
그리고 자신을 부자로 만들어 줄 왕비를 차지 않아도 될.
하찮은 농사꾼들은 그렇게 자기들 아내를 흥정하겠지요,
장터 사람들이 황소, 양, 혹은 말을 흥정하듯이.
결혼은 더 가치가 있는 일이에요,
대리인을 통해 거래할 게 아니죠.
우리가 모시려는 분 아니라 폐하께서 원하시는 분이
반려가 되어야 합니다, 폐하의 결혼 침대의.
그러므로, 경들, 폐하께서 그녀를 가장 원하시는 바,
무엇보다 그 점이 우선 고려되어야 하겠습니다,
우리 의견은 그녀를 선호해야 마땅하다는 거죠.
왜냐면 강제 결혼은 지옥 아니고 무엇이겠어요,
불화와 끊임없는 싸움의 시기 아니겠어요,
한편 그 반대는 축복을 가져다주고,
천상 행복의 표본이 따로 없다 하겠지요.
어느 분을 우리가 헨리, 왕이신 그와 맺어 드리겠습니까,

마가릿, 왕의 딸인 그녀 말고는?
그녀의 비길 바 없는 용모가 그녀 신분과 결합,
그녀를 확정해 주지요 오로지 왕에게만 적합한 배필로.
그녀의 과감한 용기와 의연한 정신은,
보통의 여자 이상인 바,
부응할 것이오 우리의 왕세자 기대에.
왜냐면 헨리는, 정복자의 아들로 태어났으니,
더 많은 정복자를 낳을 확률이 높아요,
아름다운 마가릿처럼 결단력 있는
숙녀와 그가 사랑으로 결합한다면.
그러니 그만하시고, 경들, 이제 결론을 내죠 저와 같이.
마가릿이 우리 왕비고, 오로지 그녀만이 우리 왕비라고요.

헨리 왕 그대가 들려준 내용에 휘둘려 그런지,
고결한 나의 서포크 경, 아니면 그 까닭이
내 유약한 나이라 아직껏 불타는 사랑의 열정에
일체 물들어 본 적이 없어 그런 건지,
모르겠소, 하지만 이건 분명하오.
내 가슴에 느껴지는 분쟁이 어찌나 날카롭고,
희망과 두려움 양쪽의 불안이 얼마나 격심한지,
생각만으로도 속이 메스껍군요.
그러니 배를 타시오, 급히 가시오, 나의 경, 프랑스로,
어떤 조항이든 합의해 주고, 주선하시오
귀부인 마가릿이 분명히 약속하게끔
바다를 건너 잉글랜드로 와서 등극하겠노라는 약속,
헨리 왕의 신실하고 기름 부음 받은 왕비로 말이오.

그대의 비용과 충분한 용돈을 위해
백성들한테서 거두시오 십일조를.
어서 가시오, 내가 명하노니 그대가 돌아올 때까지
나는 천 가지 근심으로 어쩔 줄 몰라 하고 있을 터.
〔글로스터에게〕 우리 삼촌은, 버려 주세요 온갖 악감정을.
과거의 삼촌으로 저를 판단하신다면,
지금의 삼촌 아니라, 용서가 되실 겁니다
제 뜻을 이리 급작스레 실행하는 것이.
자 이제 나를 데려가 다오 사람들로부터 떨어져
내가 내 골칫거리 곰곰 생각할 수 있는 곳으로.

엑스터와 함께 퇴장

글로스터 맞소, 골칫거리지, 걱정스럽게도, 처음부터 끝까지. 〔퇴장〕

서포크 이렇게 서포크가 이겼노라, 그리고 이렇게 가노라
청춘의 파리스가 그리스로 가는 것처럼,
같은 사랑의 결과 찾을 희망에 부풀어서 말이지,
하지만 일은 그 트로이 청년보다 더 잘 풀릴 것.
마가릿은 이제 왕비가 되어 지배하겠지 왕을
그러나 나는 지배하리라 그녀, 왕, 그리고 왕국 모두를.

퇴장

1. 잉글랜드 민족 사극들 : 가장 아름다운 예술작품으로서의 역사

고대 그리스 에스킬로스, 소포클레스, 에우리피데스 '비극'의 '소재'는, 최소한 당대인들에게는, '신화'라기보다 아주 먼 옛날의, 그러나 엄연한 역사였는지 모른다. 위대한 그리스 고전 비극들은, 고대 그리스인들에게, 우리들 개념의 '사극'에 더 가까웠는지 모른다. 더 과감하게 말하자면, 그리스 고전 비극이 여전히 위대한 것은, 역사를 당대적 시각에서 다룬 결과로 그것이 갖추게 된 보편성 때문인지 모른다.

셰익스피어의 문학적 감수성으로 보아, 그런 사정은 셰익스피어도 마찬가지였을지 모른다. 즉, 잉글랜드 역사를 다룬 그의 소위 '사극들'은 그에게 민족사극일 뿐 아니라 시사극이었을지 모른다. 그의 마지막 사극 《헨리 8세》의 주인공은 바로 엘리자베스 1세 여왕의 생모를 죽인 엘리자베스 1세 여왕의 아버지였다. 그의 생애 첫 창작 작품은 《헨리 6세 2부》. 《헨리 8세》가 마지막 작품이니(확신할 수 없으나, 합작설이 나올 정도니 아마 마지막이 맞을 것이다) 그는 평생 동안 '시사=역사'의 틀 자체를 연극-예술화하는 입장이었을지 모르고, 그 입장을 '신세'로 생각했을지 모르고, 그 사극 생애의 '핵심=일상'을 비극의 절정으로 응축하는 동시에 희극의 절정으로 해방시켰던 그의 '정신=예술' 속은 우리 생각보다 훨씬 더 역동적이고 다채로운 것이었을지 모른다.

그러나 역사 현장과 전쟁과 폴스타프가 부딪쳐 작렬하는 《헨리 4

세 1부》와 《헨리 4세 2부》만 보더라도, 그의 사극들 또한 틀 자체의 연극-예술화 너머 가장 아름다운 예술 작품으로서 역사에 달하는 과정이었고 갈수록 그 결과였다. 셰익스피어 민족사극들은 전에는 물론 그 후에도 비슷한 사례가 없다. 중세 도덕 막간극이 1547년 무렵 베일의 《존 왕》을 거쳐 생성된 장르가 사극이라고는 하나, 그 《존 왕》은 주인공 말고 다른 등장인물들이 모두 아예 추상들이고 역사는 교훈을 위한 수단일 뿐이고, 1588년 무렵 《존의 골칫거리 통치》에서 추상들이 실제 등장인물들한테 자리를 내주지만, 교훈주의는 여전하다.

자신의 자료를 교훈가나 연대기 작성자가 아닌 극작가로서 다루어 실제 역사를 극화하는 사극 작가는 셰익스피어가 처음이고, (엘리자베스 1세 여왕) 시대 혹은 당대의 공통된 가치와 이상, 그리고 역사관과 세계관으로 거대한 총체를 이루는 그의 위대한 사극 연작에 비견될 만한 것은 다른 어느 나라 문학에도 없다. 그의 사극들이 잉글랜드 역사에 빚진 것이 많은 바로 그만큼, 잉글랜드 역사는 그의 사극들에 빚을 지게 된다.

셰익스피어가 엘리자베스 1세 여왕 시대에 잉글랜드 역사를 만난 것이 문학사상 손꼽히는 행운이라면, 잉글랜드 역사가 셰익스피어를 만난 것은 역사상 손꼽히는 행운이다. 셰익스피어 사극들로 하여 잉글랜드 역사는 세계 어느 나라 역사보다 더 행복한 예술에 달한다. 동시에, 셰익스피어 사극들은, 문학이므로, 셰익스피어 시대를 반영하는 정도를 넘어 셰익스피어 시대의 산물이다.

셰익스피어 사극들 또한, 에스킬로스의 오레스테스 3부작, 소포클레스의 외디푸스 3부작 못지않게, 가족-혈연사고 복수극이지만 그들과 셰익스피어 사이 2천 년이 존 왕과 셰익스피어 사이

3~4백 년으로 응집-심화하면서 '역사-사회-정치적'을 당대-예술화하고, 순식간에 순수문학과 참여문학의 구분이 무의미해지고, 갈수록 민족'주의'가 민족'극예술'로 극복되고, 때때로 혹은 수시로, 중세 기괴가 곧장 현대 기괴로 이어지기도 한다.
셰익스피어 사극들에서는 왕권 강화가 근대화의 다른 이름이다. 역시 사극은 사극이고, 지나간 역사는 지나간 역사였을까? 어쨌거나, 셰익스피어 사극들에는 실제 역사적 사실과 다른 부분이 간간히 눈에 띄는데, 우리가 역사를 인식하고 역사의 대강을 파악하는 데 방해가 될 정도는 아니고, '드라마'를 위해 불가피한 변형이며, 그 강력한 드라마로 하여, 우리의 균형 잡힌 역사 인식에 오히려 더 도움이 된다고 할 수도 있겠다. 드라마가 역사와 똑같기를 바라는 것도 일종의 완고일 테니.

《심벨린》은 보통 비극으로 분류되고, 흔히 셰익스피어의 마지막 비극으로 불리지만, 심벨린은 로마제국 시대 브리튼 왕이고, 《심벨린》은 존 왕부터 헨리 8세 시대까지를 끊기지 않고 담아내는 셰익스피어 잉글랜드 사극들보다 한참 더 앞선 시대에 '동떨어져' 있지만 역사는 전설의, 꿈같은 이야기로 시작되고 사극도 그렇게 시작하는 게 순리다. 그렇다면 그보다 더 앞선 전설 시대 이야기인 《리어왕》은? 시대에 관계없이, 사극들의 프롤로그 역을 맡기에는 너무나 강력하고 걸출한 비극이다.
《심벨린》 2막 3장 '아침의 노래'는 슈베르트가 곡을 붙인 명곡이 전해 오고, 4막 2장 '만가'는 버지니아 울프 소설 《댈러웨이 부인》 주인공 의식의 흐름의 기조를 이룬다.

첫 노래는, 노래가 끝나자마자 웬 막돼먹은 소리? 《심벨린》은 처음부터, 끝나기 직전까지 불안하고, 불안이 불길하다.

브리튼 왕 심벨린의 딸 이너젠이 남모르게 포스튜머스와 결혼하고, 이너젠을 자신의 아들 클로텐과 결혼시키려는 계모 왕비가 그 사실을 일러바치고, 포스튜머스가 추방되는데, 그가 이탈리아에서 아내의 정절을 두고 쟈코모와 내기를 걸고 이길 것을 호언장담 하지만 브리튼으로 건너온 쟈코모가 술수를 부려 이너젠이 잠든 침실에 잠입, 이런저런 가짜 증거를 훔쳐 오고 침실 및 그녀 몸 특징을 설명하니 그걸 철석같이 믿은 포스튜머스는 이너젠에게 자신을 만나러 밀포드 항구로 오라는 편지를 쓰면서 그의 하인 피사니오에게는 오는 도중 그녀를 죽이라고 명한다. 그러나 피사니오는 그녀더러 남장을 하고, 브리튼을 침략 중인 로마 장군 루치우스한테로 가라고 설득하고, 그녀는 오래전 아버지가 추방했던 대신 벨라리어스, 그리고 쫓겨날 당시 벨라리어스가 훔쳐 와 산 동굴에서 키운 두 형제, 즉 그녀의 두 오빠 귀더리어스와 아비레이거스를 만나고, 겁탈을 해서라도 이너젠을 제 것으로 만들려고 그녀를 추적하던 클로텐은 두 형제에게 죽임을 당한다. 몸이 아파 먹은 약이 이너젠을 죽은 듯한 상태에 빠뜨리고 클로텐 시체 곁에 눕혀졌다 깨어나 머리 없는 클로텐 시체를 복장 때문에 포스튜머스 것으로 착각한 이너젠은 루치우스한테로 가고 이어지는 전투에서는 벨라리어스, 귀더리어스와 아비레이거스, 그리고 이탈리아에서 돌아온 포스튜머스의 활약에 크게 힘입어 브리튼인이 대승을 거둔다. 자초지종이 알려지고 온갖 화해와 용서가 이뤄지고, 심벨린은 브리튼과 로마 사이 평화를 위해 로마

황제 아우구스투스에게 조공을 바치겠다 약속하고 모두를 잔치에 초대한다.

'아침노래'는 그 아름다움에 이어지는 클로텐의 막돼먹은 소리가 딱히 음악가 탓은 아니므로 그렇다 치고, 막돼먹은, 그래서 자기들이 죽인, 모가지가 없는 클로텐 시체 옆에 이너젠을 누이며 부르는 아름다운 '만가'라니. 얼핏 《심벨린》은, 마치 《리어 왕》을 해피엔딩 스토리로 바꾸려 어설프게 뜯어 맞추고 땜질한 듯, 어설프고 황당하다. 이탈리아-프랑스-스페인인 혐오가 너무 노골적이다. 그들 대사는 모두 산문이고 이탈리아인들은 모두 악당들이고, 심지어 포스튜머스의 친구 필라리오조차 방관적이지만 그 전에 포스튜머스 대사도 산문이고, 정말 황당한 내기지만, 내기 성립 직후(1막 4장 마지막) 그가 쟈코모와 함께 퇴장하는 것은, 무슨 라스베이거스도 아니고, 정말 드물게 황당하다. 이너젠은 동음이의어 사용의 뉘앙스가, '은연중 뉘앙스'보다 조금 더 강하게, 사태에 대한 책임이 있고, 그래서 알게 모르게, 그녀가 포스튜머스-클로텐 육체 혹은 시체를 혼동할 때 우리는 '오죽하겠어' 느낌에 아주 약간 가닿게 되고, 포스튜머스가 아직도 이너젠을 못 알아보고 때리는 장면은 그 '황당=오죽'의 극치고, '기계에서 나온 신' 개념은 이 모든 것의 연극(용어)적 측면이고, 그렇다 하더라도 클로텐이, 그리고 계모 왕비가 너무 싱겁게 죽는다. 등장인물 아닌 작가 자신이, 뭔가 지쳤다는 느낌이랄까.
하지만, 《심벨린》에는 《리어 왕》뿐 아니라 《폭풍우》 연관도 있고, 그 둘이 적절하게 부딪치거나 결합, 불행과 시련 속에서도 미리 안심하는, 섭리가 편안한 경지랄까 하는 것을 언뜻 발할 때가 있고, 그때 이너젠을 '최고의 이상적인 여성'으로 보았던, 적지 않은 사람들의 말에 고개가 끄덕여지는 대목이 있다. 하여, 5막 5장 교수형 집행을 앞둔 포스튜머스와 옥리가 펼치는 죽음 대 웃음은 《맥베스》에서보다 덜 비극적이고, 산문적이지만, 그 산문 효과가 '만년작'적이다. 1925년 현대 의상의 《햄릿》이 커다란 영향을 끼치기 2년 전에 같은 방식의 《심벨린》 공연이 있었다는 것은 시사하는 바가 적지 않다 할 것이다.

《심벨린》을 가장, 셰익스피어의 다른 어떤 작품보다 더 가혹하게 평가한 것은 버나드 쇼다. 이미 1896년 이너젠 역을 준비 중이던 엘런 테리에게 《심벨린》이 터무니없는 작품이라고 투덜거리더니 급기야 1937년 그는 이 작품의 마지막 막의 결점들을 겨냥한 희곡 《결말을 바꾼 심벨린》을 발표하기에 이른다. 그리고 다행히, '만가' 첫 두 행은 댈러웨이 부인에게 제1차 세계대전의 악몽을 떠올리는 슬픈 만가이자 위엄을 잃지 않는 심오한 인내의 선언으로 거듭난다. 마지막 두 행은 T. S. 엘리엇 시 《요크셔 테리어에게》에서 거의 차용되고 있다. 스티븐 존다임이 아리스토파네스 《개구리들》을 마구잡이로 차용한 동명 뮤지컬에서는 셰익스피어와 버나드 쇼가 최고의 극작가 타이틀을 거머쥐고 되살아나 세상을 더 낫게 할 것이냐를 놓고 경쟁하는데, 죽음에 대한 자신의 견해를 묻자 셰익스피어는 위 만가를 부르는 걸로 답을 대신한다.

《존 왕》은 크게 ('사자심장왕') 리처드 1세 사후 그 둘째 동생인 존 왕과 그 첫째 동생 아들인 '아서 플랜타저넷' 사이 왕위 계승권(상속)을 둘러싼 합법 및 비합법 투쟁, 거래와 정략이 그 줄거리 골간이다. 《리어 왕》에 비해 문학성은 크게 떨어지면서도, 분명 더 높은 사회구성체가 들어서 있고, 왕권과 귀족 사이 경제적 권력 투쟁에서 귀족이 승리한 결과인 마그나 카르타가, 보이지 않거나 아주 희미하게 언급될 뿐이지만, 엄연히 들어서 있다. (사실, 마그나 카르타가 정치-사회적으로 중요해지는 것은 셰익스피어 사후다.) 입성 문제를 놓고 싸우는 것도, 결국 피비릴 것이지만, 우선은 무슨 거래를 방불케 한다.

조카 아서의 잉글랜드 왕위 계승을 지지하는 프랑스 왕 필립과 오스트리아 공작 연합 세력의 사실상 선전포고를 통보 받은 존 왕은 어머니 일리노어, 그리고 리처드 1세의 사생아 필립과 함께 프랑스를 침공했다가 존의 조카딸 블랑슈와 프랑스 왕세자의 결혼으로 평화가 다시 찾아오지만 교황 사절 팬돌프 추기경이 존 같은 골수 이단자와 평화 협정을 맺으면 파문을 시키겠다고 위협하니 프랑스 왕은 존을 배신하고, 이어진 전투에서 잉글랜드가 승리, 사생아 필립이 오스트리아 공작을 죽이고, 아서는 사로잡혀 잉글랜드로 송환되어 살해당할 위협에 처하고, 아서의 어머니 콘스탄스는 슬픔을 못 이긴 광기에 몸부림치다 죽고, 존 왕의 사주를 받은 수행원 휴버트는 차마 아서의 몸에 손을 대지 못했으나, 아서가 달아나려다 죽음을 맞게 되고, 존 왕이 죽였다고 생각한 솔즈베리 등 많은 귀족들이, 잉글랜드를 침공 중인 프랑스 왕세자 쪽에 합류하고, 존 왕은 현시국 통제권을 사생아 필립에게 넘긴 뒤 수도원으로 물러났다 독살당하고, 프랑스 왕세자의 기만술을 눈치 챈 잉글랜드 귀족들이 속속 다시 충성을 맹세하고, 새로 등극한 존 왕의 아들 헨리 3세를 중심으로 똘똘 뭉친 잉글랜드 앞에 프랑스군이 퇴각하며 막이 내린다.

'사생아' 필립 팰컨브리지는 실제 역사에서 아주 희미하게 언급될 뿐이지만, 셰익스피어는 《존 왕》에서 그를 주저 없이 플랜타저넷가 정통이자 제2의 비조로 세워 자신의 사극들을 사실상 '출발'시키며, 이것은 문학적으로 매우 적절한 출발이고, 이것 말고도 《존 왕》은 실제 역사, 혹은 역사서와 어긋나는 내용들이 꽤 있지만 대부분 그 적절함이 야기시켰거나 적절함 속으로 흡수되는 것들이다.
화려장관 볼거리를 관객들이 좋아했던 빅토리아 여왕 시대에는 가장 자주 공연되는 셰익스피어 작품 중 하나였으나 20세기 들면 《존 왕》은 1915년 이후 브로드웨이 공연이 단 한 번도 없고, 1953~2010년 스트렛포드 셰익스피어 축제 공연이 단 4회에 불과한 신세로 전락하지만, 1945년 피터 브룩이 연출한 공연은 그 의미가 적지 않다.

《리처드 2세》를 온통 수놓는 시는 봉건성을 벗는 부르조아적 아름다움의 탄생 과정이라 해도 과언이 아니고, 특히 5막 5장(폼프릿 성 감옥) 전반부 리처드의, 연주되다 그치는 음악과 어우러진, 자신의 소란스런 죽음 직전 독백은 셰익스피어 전 작품을 통틀어 몇 안 되는 압권 중 하나다.

헨리 3세의 세 아들 모두 왕에 오르니, 에드워드 1세(치세 1272~1307), 에드워드 2세(치세 1307~27), 에드워드 3세(치세 13

27~77)가 그들이고 에드워드 3세는 아들 일곱을 두게 되는데, 첫아들 웨일즈 공 에드워드(1330~1376)가 죽자 그의 아들, 즉 에드워드 3세의 장손이 리처드 2세에 오르고 《리처드 2세》 줄거리는 학정으로 치닫던 그가 에드워드 3세의 넷째 아들인 랭커스터 공작 아들, 즉 사촌 헨리 볼링브루크, 훗날의 헨리 4세에게 밀려나는 잉글랜드 역사의 한 대목이며, 그렇기 때문에 《리처드 2세》, 《헨리 4세 1부》, 《헨리 4세 2부》, 그리고 《헨리 5세》를 4부작으로 보아, '헨리 이야기'라는 뜻의 '헨리아드'라 부르기도 한다.

볼링브루크가 리처드의 삼촌 글로스터 공작 암살 죄로 노포크 공작 토머스 모브레이를 고발하자 모브레이가 볼링브루크를 '가장 위험한 반역자'로 맞고소, 리처드는 두 사람의 결투로 자신의 결백을 입증하라 했다가 마지막 순간 모브레이를 영구히, 그리고 볼링브루크를 10년 동안 잉글랜드에서 추방하라 명하고, 아일랜드 원정 경비를 감당해야 했던 그가 사망한 고온트의 재산, 의당 볼링브루크에게 상속되어야 할 그것을 자신의 삼촌 요크 공작, 그리고 노섬벌랜드 백작의 격렬한 반대에도 불구하고 몰수하니, 후자는 자신의 재산을 되찾겠다는 명분으로 권토중래를 도모하는 볼링브루크 쪽에 합류하고, 리처드는 아일랜드 원정을 떠나고 볼링브루크는 요크셔에 상륙, 노섬벌랜드와 함께 버클리 성으로 진격하고 거기에 리처드의 섭정으로 남겨졌던 요크 공작도 어쩔 수 없이 그들을 받아들이고, 웨일즈에 상륙했으나 기대했던 웨일즈 병력이 뿔뿔이 흩어졌거나 자신의 추종자 그린과 부시를 처형하고 높은 인기를 누리는 볼링브루크 쪽에 가담했다는 것을 알게 된 리처드는 요크 공작 아들 오멀을 데리고 플린트 성으로 피신했다가 거기서 볼링브루크에게 사로잡히고, 볼링브루크는 오로지 자기 재산을 찾으려는 것뿐이라고 강변하지만 볼링브루크 앞에 불려 나온 리처드의 남은 추종자 베이갓이 오멀을 글로스터 공작 살해범으로 지목하고, 볼링브루크가 모브레이 사면령을 내려 오멀과 대질시키려 하지만 모브레이는 베니스에서 이미 죽은 터였고, 불려 나온 리처드가 볼링브루크에게 왕위를 양도하고, 칼라일 주교가 불가함을 주장하다가 노섬벌랜드에게 체포되고, 리처드가 런던탑으로 호송되고, 칼라일 주교와 오멀은 볼링브루크 제거를 도모하고, 리처드는 런던탑 아닌 폼프릿 성으로 가던 도중 왕비와 작별하고, 왕비는 프랑스로 떠나고, 오멀의 음모를 발견한 요크가 서둘러 그것을 알리러 볼링브루크에게 가지만, 그 전에 오멀이 먼저 도착하여 이실직고하며 용서를 구하고, 요크 부인의 간청에 따라 볼링브루크, 헨리 4세가 용서를 하고, 볼링브루크의 명에 따라 리처드는 엑스턴의 피어스 경에게 살해된다.

3막 4장 왕비와 정원사가 나누는 대화는 뛰어난 서정성과 식물의 비유로 리처드 폐위를 예견시키는, 걸작 막간극이다. 마지막 폐위 장면은 엘리자베스 시대에 워낙 민감한 대목이라 검열에 걸렸고, 제임스 1세 왕의 왕권이 안정되고 나서야 비로소 연기 및 인쇄가 가능했고, 에섹스 지지자들의 요청으로 그의 모반 하루 전인 1601년 2월 7일 무대에 올려진, 폐위 장면이 포함된 공연은 말 그대로 역사적인 공연이 되었다.

《헨리 4세》는 '어제의 동지, 오늘의 적'과 치르는 전쟁을 다루는 잉글랜드 사극임이 분명하지만, 동시에, 《1부》는 폴스타프라는 인물을 탄생시키는, 전쟁, 더군다나 내전을 배경으로 더욱 혹심한 희극 걸작이기도 하다. 주인공은 헨리 4세가 아니라 그의 왕세자 해리와 폴스타프 및 그 패거리들이며, 전쟁, 더군다나 내전을 배경으로 더욱, 산문과 운문의, 그리고 산문끼리 쟁패가 파란만장하다. 해리 왕세자는 폴스타프를 날카롭고 효과 있게 공략하지만, 그리고 내용에서 압도적 우위에 있지만 폴스타프는 논리를 넘어서는 희극성의 존재 그 자체고, 5막 3장 해리와, 즉 전쟁 소문이 아닌 전쟁 현실과 직접 마주치는 대목에서 폴스타프의 '코믹'은 일순 나약하여 해리한테 무참하게 '깨'지지만, 그 나약함이 이런 질문을 열기도 한다. 그럴까, 그런가? 그러나 전쟁에서, 죽음 앞에서 용기를 발하는 것이 정말 용기일까, 그건 무지 아닐까? 그거야말로 위선 혹은 비겁 아닐까? 무엇보다, 평화는, 그리고 희극은 유지되어야 하는 것 아닐까?
《2부》는 그에 비해 산문이 무척 지루하고 폴스타프가 잉여 출연인 느낌이 갈수록 강하며, 에필로그 직전 (헨리 5세에 오른) 해리 왕세자가 폴스타프에게 전하는 이별 통고는 그 자체로 적절하지만, 극 전체로 볼 때 너무 늦었고, 너무 늦었으므로 폴스타프의 대응은 희극적이기는 커녕 그냥 비루할 뿐이다. 그리고, 곧 이어지는 에필로그가 다음 작품에서도 그가 등장한다고 예고하지만 《헨리 5세》에는 폴스타프가 나오지 않고, 그의 죽음이 잠깐 언급될 뿐이다. 1부의 퀴클리('재빨리'), 개즈힐('쏘다니는 언덕')에 덧붙여 돌 티어시트('인형 뜯어내고 괜찮은 쪽'), 스네어('올가미'), 팽('독이빨'), 모울디('곰팡이 낀'), 워트('사마귀'), 휘블('연약한'), 불카프('수송아지') 등 우수마발 백성들의 뜻이름들이 많이 나오는 것은, 이름이 굳어지고 족보가 생겨가는 근대, 더군다나 참혹한 전쟁과 혹심한 희극 사이 절묘한 그것이라고나 할까.

《1부》 1402년 6월~1403년 7월 핫스퍼, 그의 아버지 노섬벌랜드, 그리고 그의 삼촌 우스터 백작이 핫스퍼 아내인 퍼시 부인의 오빠 모티머 영주, 모티머 부인의 아버지인 오웬 글렌다워, 그리고 더글라스 백작과 합세, 반란을 일으키지만 약속 장소인 슈루즈버리에서 핫스퍼와 실제로 합류한 것은 우스터와 더글라스 뿐, 핫스퍼는 왕세자(웨일즈 공) 해리와의 결투에서 패하여 죽고 우스터는 처형되고 더글라스는 풀려나는데, 왕세자 해리는 평소 폴스타프 패거리들과 어울려 물주 노릇을 해 주고 함께 도둑질도 하고 '멧돼지 머리 여인숙'에서 부왕과의 가상 만남을 꾸며 우스갯거리로 만드는 등 방탕 및 패륜 행각을 부러 벌이다가 3막 2장 부왕과 실제로 만난 자리에서 본심을 드러내며 참회의 눈물을 흘리고, 부자 화해가 이뤄지고, 왕세자의 위용을 갖춰 전장에 나온 터였고, 폴스타프도 슈루즈버리에 있었다.
《2부》 1403~13년 스크로우프 대주교, 헤이스팅스 경, 그리고 문장원 총재 토머스 모브레이가 반란을 일으켰다가 술수에 넘어가 스스로 군대를 해산하고 처형당하는데, 운문을 희화화하는 피스톨이 처음 등장하고 폴스타프는 여인숙 여주인 미세스 퀴클리, 창녀 돌 티어시트와 오래 놀아나더니 징병을 한답시고 간 곳에서 만난 시골재판관 로버트 섈로우를 꼬드겨, 왕세자가 자신의 막역 친구인데 곧 왕에 오를 것이고 그러면 좋은 일이 있게 해 주겠다며 천 파운드를 빌리지만, 런던에서 만난 그 왕세자, 헨리 4세가 죽어 헨리 5세에 오른 그의 친구는 면박을 주며 자기 눈앞에서 꺼지라고 말한다.

극중 모티머는 오웬 글렌다워의 딸과 결혼한 에드먼드 모티머(1409년 사망)와, 리처드 2세가 후계자로 인정했던 조카 에드먼드 모티머(1424년 사망)를 합쳐 만든 등장인물. 이 등장인물로 인해 요크 가문 전체가 에드워드 3세의 아들들과 실제 역사보다 한발 더 가깝게 된다.

《헨리 5세》의 압권은 단연, 위 대사의 힘을 받아, 전투를 앞두고 수적으로 완전 열세인 병사의 사기를 정말 극적으로 북돋우는 헨리 5세의 연설(4막 3장). 방백에서 절묘하게 이어져 공연 효과는 더 크다. 젊은 왕이 밤에 변장을 하고 막사를 돌아다니며 불안에 떠는 병사들을 달래고 그들이 자신을 정말 어떻게 생각하는지 살피고, 자신도 그냥 사람일 뿐인데 왕으로서 져야 하는 도덕적 책임에 대해 고뇌한 뒤의 연설인 것을 감안하면 감동은 배가된다. 이것을 따로 '크리스피누스 축일 연설'이라고 부른다.

캔터베리 대주교의 말에 고무되어 프랑스 왕관을 거머쥐기 위해 프랑스 원정을 떠나기 전 헨리 5세는 사우샘튼에서 자신을 암살하려는 케임브리지 백작, 스크로우프 경, 그리고 토머스 그레이 경의 음모를 발견, 이들을 처단하고 아르플레르를 점령, 칼레를 향하다가 아젱쿠르에서 프랑스 대군을 만나지만 크게 승리하며 트르와 조약으로 프랑스 왕의 딸 카트린느와 결혼하는데, 극 초

반, 피스톨과 결혼한 옛 퀴클리가 폴스타프의 죽음을 알리고 피스톨, 바돌프, 그리고 님이 원정대에 참가하지만 바돌프와 님은 약탈죄로 교수형 당하고, 피스톨은 웨일즈인 지휘관 플루얼런을 모욕했다가 그에게 흠씬 얻어맞고 부추 모양 채소 리크를 강제로 먹게 되며, 해리 왕은 플루얼런을 잉글랜드 병사 마이클 윌리엄즈와도 싸우게 만든다.

윌슨(Wilson, John Dover, 1881~1969)은 폴스타프가 《헨리 5세》에 원래 등장할 예정이었으나 켐페가 떠나 마땅한 배우가 없자 폴스타프 대사를 빼고 새로운 에피소드를 집어넣거나 피스톨이 폴스타프 대신 리크를 먹게 한 것이라고 주장한 바 있지만, 어쨌거나, 피스톨의 운문 희화화는 《헨리 5세》에서 아예 거덜 난 운문 차원에 달하고, 님, 바돌프, 피스톨의 코미디는 죽어서도 희극적인 폴스타프 죽음에 무척 심오한 페이소스를 부여한다. 바돌프의 외모는 전쟁-일상의 참상을 희극-역설적으로 강조하고, 아일랜드 방언, 웨일즈 방언, 스코틀랜드 방언의 군인-지휘관들 또한 못지않게 멍청하고, 희극적이다. 해리는 전 작품에서와 마찬가지로 산문과 운문을 모두 구사하지만, 이번에는 서민과 귀족-왕족 모두를 대변하기 위해서며, 헨리 5세의 카트린느 구애는 전부 산문이지만 폴스타프풍 산문은 아니고, 불어 동음이의의 과감한 구사는 귀족 사회 너머 국제(화) 사회를 반영한다. 소년의 죽음은, 미래-비극적이다.

《헨리 6세 1, 2, 3부》의 주인공 헨리 6세(1421~71)는 헨리 5세와 카트린느 사이에 난 유일한 아들로 돌을 맞기 전 1422년 잉글랜드 왕위에 올랐고, 1426년 웨스트민스터에서, 그리고 1431년 파리에서 대관식을 치렀고 1440~41년 이튼 칼리지, 킹스 칼리지, 케임브리지 대학을 잇달아 세웠으며 1445년 앙주의 마가릿과 결혼했는데, 온화하고 참을성 있는 성품이었으나 아버지가 남겨 준 프랑스 유산을 지켜 내거나 잉글랜드 내 랭커스터 가와 요크 가 사이 장미전쟁을 막을 만큼 강하지는 못하더니, 1471년 튜크스베리 전투 이후 피살된다.

《1부》 헨리 5세가 죽고 6세가 즉위한다. 잉글랜드인은 프랑스 내 영지를 지키려 하지만 성처녀 잔('창녀이자 마녀')의 활약에 자꾸 밀리고 잉글랜드 군을 이끌며 용감하게 싸워 수차례 승리를 거둔 탈봇도 결국 죽고 잉글랜드 내부에서 호국경 글로스터 공작과 윈체스터 주교 헨리 보포트(훗날 추기경) 사이 알력이 심해지며 템플 정원에서 양쪽이 각각 붉은 장미와 백장미를 뽑아 랭커스터 가와 요크 가 사이 본격적인 장미전쟁의 시작을 알리고, 헨리 6세는 나폴리 왕이자 앙주 공작인 르네의 딸 마가릿과 결혼한다.
《2부》 왕이 마가릿과의 결혼 선물로 앙주와 마인을 장인에게 양도한 것에 격렬한 이의를 제기하는 호국경 글로스터에게 마가릿 왕비, 추기경 보포트, 왕비의 연인 서포크, 그리고 요크가 앙심을 품고, 왕을 해코지하는 마법을 썼다는 누명을 씌워 글로스터 공작부인을 추방하더니, 글로스터마저 체포한다. 살인 혐의로 추방된 서포크가 해적들한테 다시 피살되고, 4막 대부분은 잭 케이드의 반란과 죽음의 장. 5막에서 장미전쟁이 시작되어 헨리 왕, 마가릿 왕비, 서머싯 공작과 늙은 클리포드 영주가 랭커스터 편에 서고 워릭 백작과 그 아들 솔즈베리 백작이 요크와 그 아들들을 지지한다. 1455년 세인트 앨번즈 전투가 벌어지고 서머싯 공작과 클리포드 영주가 전사한다.

《3부》 세인트 앨번즈 전투가 끝나고 헨리 6세가 요크를 자신의 왕위 계승자로 하지만 마가릿 왕비는, 아들 클리포드의 후원을 업고 자신의 적통 왕세자 에드워드를 위해 싸움을 계속, 웨이크필드에서 클리포드가 요크의 어린 막내아들 러틀랜드를 죽이고 요크도 사로잡혀 클리포드와 마가릿에게 모멸당한 후 칼에 찔려 죽는다. 하지만 요크의 두 아들, 훗날 에드워드 4세(치세 1461~83)와 리처드, 훗날 리처드 3세(치세 1483~85)가 1461년 타우튼 전투에서 랭커스터 가문을 물리치고, 여기서 클리포드가 살해당하고 헨리 6세가 체포당하고 왕에 오른 에드워드가 엘리자베스 우드빌과 결혼하자 워릭이 마가릿 편에 합류, 헨리를 풀어주고 에드워드를 사로잡지만 에드워드는 달아났다가 헨리를 다시 사로잡고, 1471년 바넷 전투에서 워릭군을 물리치고 워릭을 죽인다. 1471년 튜크스베리 전투에서 랭커스터 가문이 최종적으로 패퇴하고 헨리 6세의 맞아들 에드워드를 칼로 찔러 죽이며, 리처드는 런던탑으로 달려가 헨리 6세를 죽인다.

장미전쟁을 다루면서 특히, 법률용어가 난립한다. 초기작이지만 탈봇의 절규는 리어 왕을 연상시키기에 족하고, 서포크가 마가릿을 '꼬시'는 이야기는, 그에 비하면 더욱, 지루하고 지리멸렬한 코미디지만, 잠깐 동안의 평화 속이라는 것을 감안하면 그럴 법

하기도 하다. 평화란 그런 것이고, 그래서 좋은 거니까. 폴스타프를 뒤집었달까. 그것을 다시 뒤집어 잭 케이드를 그리 심하게 희화화했을까? 서머싯 공작은 헨리 보포트와, 그의 공작 작위를 물려받은 동생 에드먼드를 합친 인물이다.

《리처드 3세》는 기형의 왕이 벌이는, 소름끼칠 정도로 기괴하고 끔찍한 정치의 장이다.

에드워드 4세(1442~1483)는 잉글랜드 최초의 요크 가문 출신 왕으로 1461. 3. 4.~1470. 10. 3 통치 때는 폭력으로 얼룩졌고 잠시 랭커스터 가문에게 밀렸으나 튜크스베리 전투 때 랭커스터 가문을 완전 제압하고 다시 왕위에 오른 뒤 나라를 평화롭게 다스리다가 갑작스레 죽음을 맞은 인물이다. 꼽추 리처드, 훗날 리처드 3세의 맨 처음 독백을 우리는 이 책 맨 앞에서 이미 읽었고 그의 치세는 2년에 불과하다.

에드워드 4세의 임종이 시시각각 다가오고 그의 둘째 동생인 리처드가 왕위를 차지하려면 그와 왕좌 사이 여섯 사람, 에드워드의 두 아들, 즉 왕세자 에드워드와 요크 공작, 그리고 에드워드의 딸 엘리자베스, 리처드의 형인 클래런스, 클래런스의 어린 아들과 어린 딸을 처리해야 한다. 1막에서 리처드는 형 클래런스를 런던탑에 갇히게 만든 다음 다시 손을 써서 죽이는 데 성공하고, 튜크스베리에서 자신의 손으로 직접 죽인 헨리 6세 왕세자 아들 에드워드의 미망인 앤 부인한테 뻔뻔스럽게 구애, 훗날, 놀랍게도, 결혼하는 데 성공한다. 헨리 6세의 미망인 마가릿은 코러스처럼 출몰하며 철천지원수들인 요크 가문 사람들을 저주하는 한편 리처드를 조심하라 경고하고, 에드워드 4세가 죽자 리처드는, 버킹검 공작의 후원을 받으며 왕비파를 공격, 그녀 동생 리버즈 백작과, 그녀가 전 남편 사이에 낳은 아들 그레이 경, 그리고 에드워드의 고명대신 격인 궁내장관 헤이스팅스 경을 죽이고, 에드워드의, 에드워드 5세로 등극이 예정된 왕세자와 왕자 요크 공작을 런던탑에 가두고, 버킹검 공작이 런던 시민을 설득하여 리처드를 왕으로 선포케 하고, 왕에 오른 리처드가 런던탑의 왕세자와 왕자를 암살케 하고, 에드워드의 딸 엘리자베스와는, 자책과 병으로 죽어 가는 아내 앤을 더 빨리 죽게 조치한 후, 결혼하려 계획한다. 클래런스의 딸은 신분이 미비한 신사와 결혼할 것이고, 그의 아들들은 멍청하니 그만하면 되었다. 그런데 왕세자를 죽인 것에 대해 버킹검 공작 마음이 갈팡질팡하고, 리처드가 내치니 버킹검은 헤이스팅스의 친구 스탠리 경의 사위인, 랭커스터 가문의 리치먼드 백작 헨리 튜더, 훗날의 헨리 7세와 합류하려다 사로잡혀 처형되고, 상륙한 헨리 튜더의 군대가 보스워스에서 리처드 군대와 마주친다. 전투 전날 밤 리처드가 죽인 사람들의 유령이 차례차례 나타나 그를 저주하고 그의 패배를 예언하고, 그 예언대로 되고 헨리 튜더가 헨리 7세로 추대된다.

리처드 3세의 찬탈 과정은 속이 빤하고, 헨리 7세 등장 이전까지는 명분도 아름다움도 의리도 비극성도 동반 퇴색하지만, 리처드 3세가 리처드 3세를 기괴하게 여기는 극에 달할 때까지 축적되는 기괴의 과정, 그 기괴의 미학, 즉 기괴의 이미저리와 그럴듯함은, 사례를 찾기 힘들다. 실제 역사에서 마가릿은 장미전쟁 패배 후 그녀 아버지가 몸값을 지불하고 데려갔고 그 뒤 잉글랜드로 돌아오지 않았다.
1955년 올리비에는 자신이 감독 출연한 영화 한 편으로 가장 유명한, 그리고 가장 자주 패러디되는 리처드 3세 배우가 된다. 셰익스피어 《헨리 6세 3부》의 몇몇 장면 및 연설을 시버가 다시 쓴 희곡 '리처드 3세'와 합친 그 영화 대본에는 마가릿 왕비와 요크 공작부인이 아예 없고, 위 리처드의, 유령들의 저주 그 후 독백이 없다. 코미디언 피터 셀러즈는 1965년 비틀즈 음악 특집 TV 방송에서 비틀즈 노래 '고된 하루의 밤'을 올리비에의 리처드 3세 풍으로 읊었고, BBC TV 시튜에이션 코미디 《블랙 애더》 시리즈 첫 에피소드 또한 올리비에 영화를 일부 패러디, '자애로운' 리처드가, 셰익스피어 원작 대사를 망가뜨린다. 이제 우리 달콤한 만족의 여름은 구름 뒤덮인 겨울이 되었다 이 튜더의 구름들이 해냈어……. 2002년 영화 《거리의 왕》은 리처드 3세 이야기를 갱단 풍속도로 녹여 내고, 2011년 영화 《왕의 연설》에는 '이제 우리 불만의 겨울은/ 영광의 여름 되었다 이 요크 가문 태양 아들이 해냈어' 대사를 읊는 리처드 3세 배역 오디션이 나온다.

튜더 가문의 첫 왕 헨리 7세(치세 1485~1509)는 1483년 자신의 맹세를 지켜 1486년 요크의 엘리자베스와 결혼, 요크 가와 랭커스터 가를 통합하는 식으로 튜더 왕가 왕권 기반을 탄탄히 다졌고 그의 사망 후 헨리 8세가 순조롭게 왕위를 이어 받았다.

《헨리 8세》는 지문이 셰익스피어 작품 가운데 가장 정교하며, 도버 윌슨 및 소수를 제외한 셰익스피어 학자들이 존 플레처와 합작인 것으로 여기며, 아마도 셰익스피어가 1막 1장과 2장과 4장, 3막 2장 1~203행(왕의 퇴장까지), 5막 1장을, 플레처가 프롤로그 및 에필로그를 포함한 나머지를 썼을 것이고, 드라마라기보다는 일련의, 각 개인들이 겪는 재앙이나 사건들의 나열이다. 울시 추기경과의 권력투쟁에서 밀려 대역죄로 고발당하고 재판받고 처형당하는 버킹검 공작, 강제 이혼당하고 끝내 죽음을 맞는 캐서린 왕비, 왕과 결혼하는 앤 불린, 그것을 막으려던 음모가 들통 나 실각하고 역시 죽음을 맞는 울시, 캔터베리 대주교에 임명되었다가 윈체스터 주교 가디너의 탄핵을 받지만 왕이 나서서 위기를 모면시켜 주는 크랜머…… 그리고 마지막은 앤 불린과 헨리 8세 사이 태어난 국왕 장녀 엘리자베스, 훗날 엘리자베스 1세의 세례식을 축하하는 일대 소란이고 장관이다.

2. 셰익스피어 '연극=생애' 안팎

튜더 왕조 시대부터 지금에 이르기까지 잉글랜드(영국) 왕실은 일을 크게 세 가지로 나누어 고관에게 각각의 책임을 맡기는바, 왕실 제3위 고관인 사마관(司馬官, the Master of the Horse)이 주로 바깥일을, 제2위 고관인 가령(家令, the Lord Steward)이 음식과 음료, 조명 및 난방 따위 지하 일을, 그리고 제1위 고관 궁내장관(the Lord Chamberlian of the Household)은 지상의 모든 일을 담당한다. 군주의 거처, 의상, 여행, 손님 접대,

여흥 등등. '궁내'는 다시 둘로 나뉘는데, 1) 궁내 사실(私室)은 엘리자베스 1세 여왕 시대의 경우 궁내장관, 부장관, 기사 4명, 기사장(Knight–Marshall), 신사 18명, 궁내관(Gentleman-Usher) 4명, 말구종장(Groom-Porter), 말구종 14명, 고기 써는 사람 넷, 술잔 따라 올리는 사람 셋, 재봉사 넷, 수행 기사 종자(Squire to the body) 넷, 2등 궁내관(Yeoman-Usher) 넷, 시동 넷, 전령 넷, 여왕 전속 목사(Clerk of the Closet) 둘, 그리고 많은 귀족 신분 시녀 및 하녀들이, 2) 알현실은 수행 시하인(Esquire of the Body)들과 더 많은 궁내관 및 말구종들이 관리했다.

셰익스피어는, 모든 배우-공동소유주들이 그렇듯, 궁내장관 직속의 말구종 신분이지만, 월급을 받은 것은 아니다. 잔치 및 공연 따위를 담당하는 일이 헨리 7세 때 상설 부서로 격상되고 책임자가 임명되었는데, 직제상 궁내장관 직속이지만 점차 극장 전반에 폭넓고 독립적인 권력을 행사하게 된다. 공공극장에서는 오후 두 시경 공연이 시작되어 두 시간 혹은 두 시간 반 동안 이어졌고, 개인 극장에서는 어차피 인조 조명이 필요했으므로 더 늦게 시작할 수도 있었다. 포스터 따위로 공연 작품을 홍보했고, 트럼펫을 세 번 불어 공연 시작을, 깃발을 달아 공연 중임을 알렸다. 비극일 경우 천정에 검은 커튼을 매달았다. 극장 입구에서 입장료를 거뒀고, 최상층 관람석 입구에서 추가 요금을 받았다. 세 번째 트럼펫 소리가 울리면 프롤로그가 전통적인 검은 복장으로 등장하고 연극이 공연되는데, 공공극장에서는 아마도 중간 휴식이 없었지만, 개인 극장에서는 음악을 위한 중간 휴식이 있었고, 이 전통을 17세기 초 극장들이 변형된 형태로 채택하게 되었을 것이다. 공연이 끝나면 에필로그가 나와 관객에게 박수갈채를 부탁하고, 지그 춤곡이 이어졌다. 관객들이 빠져나가면 배우-극장주들이 거둔 돈을 계산, 최상층 추가 요금의 반을 임대료로 극장주(아마도 자기 자신들)에게 지불하고 고용 배우들에게 급료를 주고 나머지를 자기들이 챙겼다. 역병과 청교도들이 배우들의 최대 적이었다. 런던은 상인과 장인들, 그들의 도제들과 여행자들의 도시였고 도시를 다스리는 것은 런던 시장, 그리고 12개 복장 조합이 선출한 대표들로 구성된 시 자치체였는데, 역병이 돌면 추밀원이 시 자치체 성화에 못 이겨 극장 폐쇄를 명할 밖에 없었고 그러면 런던 배우들은 지방을 순회하며 지역 터줏대감 극단들과 힘겨운 경쟁을 벌여야 했다. 1584년 배우들은 역병으로 인한 사망자가 주 50명을 넘지 않는 한 공연을 허락하는 게 이치에 맞다고 주장했고 시 자치회는 온갖 원인으로 인한 사망자 수가 3주 연속 50을 넘지 않아야 한다고 답했는데, 1607년에는 역병 희생자 수가 30을 넘을 경우, 그 후에는 40을 넘을 경우 자동적으로 극장 문을 닫았을 것이다.

셰익스피어 사극들을 따라 우리는 곧장 셰익스피어 탄생 직전까지 왔다. 피터 홀의 '완전히 다른 사람이 되는 능력'과 '그 능력을 다룰 수 있는 또 다른 능력'은 물론 역사상 가장 민활한 시적 상상력과 연극 기획력, 그리고 극장 운영 수완을 갖춘 예술가 가운데 하나였던 그를 통해 잉글랜드 역사가 응집, 현재화할 뿐 아니라, 예술-미래화한다. 그리고, 첫 작품 《헨리 6세 2부》를 쓰기 시작한 1590년부터 마지막 작품 《헨리 8세》를 마친 1613년까지 이어지는 그의 '연극=생애'는 잉글랜드 역사 이전 그리스 신화(《한여름 밤의 꿈》), BC. 1천2백 년 무렵 미케네 문명 그리스인들이 10년 동안 벌인 트로이 전쟁(《트로일루스와 크레시다》, 소포클레스(497~406 BC.) 당대인 BC. 491년 무렵 볼스키 족을 이끌고 로마를 공격했으나 아내와 어머니의 간청에 로마를 봐주고, 오히려 볼스키 족한테 죽임을 당하던 초기 로마 공화국 귀족(《코리올라누스》), 에우리피데스(469~399 BC.)와 소크라테스(450~404 BC.) 당대 그리스(《아테네의 타이먼》), 헬레니즘 시대(《페리클레스》), 로마공화국이 제정으로 넘어가던 시절(《줄리어스 시저》, 《안토니와 클레오파트라》), 그리고 플루타르크(46~110) 당대 (《티투스 안드로니쿠스》) 역사까지 응집, 현재화하고, 예술-미래화한다. 그리고 걸작들은 그 응집, 현재화, 예술-미래화를 끊임없이, 갈수록 질 높게 추동하는 동시에 끊임없이 그 추동의 결과물이다.

김정환

1954년 서울 출생. 서울대 영문과를 졸업했다.
1980년 《창작과 비평》에 시 '마포, 강변동네에서' 외 5편을 발표하면서 작품 활동을 시작했다.
시집 《지울 수 없는 노래》《하나의 이인무와 세 개의 일인무》《황색예수전》《회복기》
《좋은 꽃》《해방 서시》《우리 노동자》《기차에 대하여》《사랑, 피티》《희망의 나이》
《노래는 푸른 나무 붉은 잎》《텅 빈 극장》《순금의 기억》《김정환 시집 1980-1999》
《해가 뜨다》《하노이 서울 시편》《레닌의 노래》《드러남과 드러냄》 등 20여 권의 시집과,
소설 《파경과 광경》《세상 속으로》《그 후》《사랑의 생애》,
산문집 《발언집》《고유명사들의 공동체》《김정환의 할 말 안 할 말》,
평론집 《삶의 시, 해방의 문학》, 음악 교양서 《클래식은 내 친구》《내 영혼의 음악》,
문학 창작 방법론 《작가 지망생을 위한 창작 강의 일곱 장》,
역사 교양서 《상상하는 한국사》《20세기를 만든 사람들》《한국사 오디세이》 등이 있으며,
《더블린 사람들》《세익스피어 평전》 등을 번역했다.
2007년 제9회 백석 문학상을 수상했다.

헨리 6세 1부

첫판 1쇄 펴낸날 | 2012년 10월 20일
지은이 | 셰익스피어
옮긴이 | 김정환
펴낸이 | 박성규
펴낸곳 | 도서출판 아침이슬
등록 | 1999년 1월 9일(제10-1699호)
주소 | 서울시 은평구 신사동 25-6(122-882)
전화 | 02)332-6106
팩스 | 02)322-1740
이메일 | 21cmdew@hanmail.net
ISBN 978-89-6429-127-6 04840
ISBN 978-89-6429-132-0 (세트)
책값은 뒤표지에 있습니다.